POR QUE O SANGUE DE ABEL GRITOU?

Editora Appris Ltda.
1.ª Edição - Copyright© 2023 da autora
Direitos de Edição Reservados à Editora Appris Ltda.

Nenhuma parte desta obra poderá ser utilizada indevidamente, sem estar de acordo com a Lei nº 9.610/98. Se incorreções forem encontradas, serão de exclusiva responsabilidade de seus organizadores. Foi realizado o Depósito Legal na Fundação Biblioteca Nacional, de acordo com as Leis nºs 10.994, de 14/12/2004, e 12.192, de 14/01/2010.

Catalogação na Fonte
Elaborado por: Josefina A. S. Guedes
Bibliotecária CRB 9/870

M527p 2023	Mello, Sara Rodrigues Silva de Por que o sangue de Abel gritou? / Sara Rodrigues Silva de Mello. 1. ed. - Curitiba : Appris, 2023. 166 p. ; 21 cm. ISBN 978-65-250-3910-7 1. Literatura religiosa. 2. Promessas – Aspectos religiosos. 3. Lealdade. I. Título. CDD – 242

Appris
editora

Editora e Livraria Appris Ltda.
Av. Manoel Ribas, 2265 – Mercês
Curitiba/PR – CEP: 80810-002
Tel. (41) 3156 - 4731
www.editoraappris.com.br

Printed in Brazil
Impresso no Brasil

Sara Rodrigues Silva de Mello

POR QUE O SANGUE DE ABEL GRITOU?

FICHA TÉCNICA

EDITORIAL	Augusto V. de A. Coelho
	Sara C. de Andrade Coelho
COMITÊ EDITORIAL	Marli Caetano
	Andréa Barbosa Gouveia - UFPR
	Edmeire C. Pereira - UFPR
	Iraneide da Silva - UFC
	Jacques de Lima Ferreira - UP
SUPERVISOR DA PRODUÇÃO	Renata Cristina Lopes Miccelli
ASSESSORIA EDITORIAL	Débora Sauaf
REVISÃO	Katine Walmrath
DIAGRAMAÇÃO	Jhonny Alves dos Reis
CAPA	Sheila Alves

Dedico este livro a Deus, meu precioso Espírito Santo, que sempre traz novas estratégias dos céus para prosseguirmos. Ele sempre será nossa maior direção e alegria, em todo tempo nossa principal inspiração; e sua palavra, nossa direção.

Eu dedico este livro a cada uma das vidas que foram instrumentos de incentivo para o seu aperfeiçoamento durante estes anos de seminários, como eventos, palestras de curas profundas e libertações.

Cada palavra de orientação que este livro contém, dedico a quem for tocado.

Também a meu esposo, Osvaldo de Mello, à minha filha, Sarah Cristina, e a meu amado filho, Luiz Gustavo.

A você que será profundamente ministrado.

AGRADECIMENTOS

Sou grata ao Senhor Deus, que, durante estes últimos 23 anos de ministério, com sua palavra e com o seu terno amor, tem me ensinado a envolver vidas em tudo quanto sua verdadeira essência nos tem revelado pelo poder de sua palavra.

Agradeço a dedicação e o amor de meu esposo, meu apóstolo Osvaldo de Mello, como a todos os meus mentores, que Deus foi me apresentando.

Sou imensamente grata a Deus por ter me ensinado e guiado durante todos estes anos ministeriais.

À minha maior intercessora, que sempre acreditou em Deus e no meu chamado ministerial, minha mãe, Maria de Lourdes Souza e Silva.

Aos meus filhos, Sarah Cristina, que sempre foi uma incentivadora, e Luiz Gustavo, um grande milagre dos Céus para minha vida, concedido de presente pelo próprio Deus.

Agradeço ao amigo Jeferson Furtado, um instrumento dos céus apresentado também para incentivar que esta obra fosse para a frente.

À pastora de meu ministério, que durante estes 11 anos esteve sempre lutando em orações e seguindo comigo, minha amiga e irmã ministerial Marcia Lourenço.

À minha apóstola Cátia Baker, que me ensinou a ter mansidão e calma em momentos de guerras.

A Deus a honra por cada um desses amados.

SUMÁRIO

INTRODUÇÃO 11

POR QUE O SANGUE DE ABEL GRITOU? 13

ÁGUA EM VINHO 29

O CORDÃO UMBILICAL DE JESUS CARREGOU "SANGUE E ÁGUA" 61

O ETERNO SANGUE DE JESUS CONCEDE O ETERNO PERDÃO 65

A MARAVILHOSA E BOA SEMENTE DO SANGUE: JESUS CRISTO 73

A NOVA VIDA DEBAIXO DA GRAÇA REDENTORA DE DEUS, SEGUNDO O ESPÍRITO DA ADOÇÃO E SANTIDADE 87

O PAI DO PERDÃO E O PAI DA VINGANÇA! O QUE É MAIS FORTE? 91

A MANIFESTAÇÃO DO PERFEITO AMOR DE DEUS EM CADA UM DE SEUS FILHOS! 103

A GRANDE TRANSFORMAÇÃO INICIA-SE EM UM LOCAL ESCONDIDO E PROFUNDO! 109

A MISERICÓRDIA ORIGINA-SE NO AMOR E TERMINA NA GRAÇA! 113

A DIFICULDADE DE NOSSA ALMA EM QUERER
ESQUECER-SE DA DOR! 117

O ESPÍRITO DE SABEDORIA E REVELAÇÃO TRARÁ TODA

A MUDANÇA 121

A GRANDE DIFERENÇA EM ESTAR EM CRISTO, ANDAR EM
CARNE E NO ESPÍRITO 125

OS MISTÉRIOS DE DEUS NA SALA DE MISTÉRIOS DA
TERRA 157

INTRODUÇÃO

Este livro teve início em um determinado tempo de meu ministério, quando questionei a graça e o favor de Deus. Porque tudo que ouvia dizer era de uma lei severa de um Deus ainda mais rude, quando a lei mostra a revelação profunda de todos os níveis de pecados e assim, imediatamente, a condenação deles. Mas Cristo Jesus, o filho do Deus vivo, veio em carne e em carne Ele mesmo tomou sobre si nossos pecados, pois a cruz foi a resposta de Deus, porque a justiça diz: se o homem pecar, deverá morrer.

E Aquele que não conheceu pecado, chamado Jesus, Ele se fez pecado para assim ser em nosso lugar punido. E assim n'Ele poderíamos ter o novo nascimento por meio do reconhecimento de nossas falhas e do profundo arrependimento delas.

Simples também viver por uma lei que eu estabeleço como quero, então analisamos formas variadas e religiosas de estabelecer novas religiões baseadas em desejos próprios, e não nos de Deus.

Quantas religiões sempre estabelecidas no que posso ou no que quero, inspiradas pela queda da humanidade e pela condenação estabelecida em Adão, o primeiro ser que ousou estabelecer sua vontade, e não aquilo que foram as orientações do próprio Deus.

Comecei a estudar profundamente todos os níveis condenados na própria palavra de Deus, chamada Bíblia Sagrada. Entendi ali que quem cria estabelece as normas para as criaturas, e jamais os que foram criados.

Muitas criaturas viventes em solos terrenos fizeram com que novas formas religiosas fossem estabelecidas, e sempre sendo inspiradas pelo poder do engano, como também o fez Adão.

E lendo fui percebendo que sempre as armas utilizadas de grande destruição e ilusões eram baseadas em partes da própria palavra de Deus, mas invertidas e estabelecidas.

Como quando Deus diz a Adão:

E ordenou o Senhor Deus ao homem, dizendo: De toda a árvore do jardim comerás livremente,

> Mas da árvore do conhecimento do bem e do mal, dela não comerás; porque no dia em que dela comeres, certamente morrerás. (Gênesis 2, 16-17).

Vejamos que a ordenança era para Adão não tocar, porque certamente morreria. Morrer aqui seria: você terá o conhecimento da ciência do mal, e essa ciência o cortará de tudo quanto possui com a luz e o bem, e você entregará tudo o que possui a quem originou o próprio mal.

A Serpente, ou Satanás, o diabo, inicialmente era o anjo de luz, mas gerou-se nele o pecado, que é o veneno que conduz à morte, e o salário de quem obtém o pecado é a morte. Ele soube como chegar a Adão usando uma estratégia forte, que foi Eva.

Esta tinha o desejo de comer do fruto, e o próprio Diabo usou a palavra de Deus com o engano. Veja:

> Então a serpente disse à mulher: Certamente não morrereis.
>
> Porque Deus sabe que no dia em que dele comerdes se abrirão os vossos olhos, e sereis como Deus, sabendo o bem e o mal. (Gênesis 3, 4-5).

Com essa fala, a mulher rendeu-se ao engano, porque acreditou que Deus os estivesse impedindo de se tornarem melhores, então comeu o fruto e induziu seu esposo a comer também.

E desde então o engano continua sendo usado para afastar o homem da vida de Deus.

Este livro discorrerá acerca de fatos que são analisados na palavra de Deus sobre exatamente isso.

A autora

POR QUE O SANGUE DE ABEL GRITOU?

> **E Disse Deus: Que fizeste? A Voz do Sangue do teu irmão clama a mim desde a terra. E agora maldito és tu desde a terra, que abriu a sua boca para receber da tua mão o sangue do teu irmão.**
> **(Gênesis 4, 10-11).**

Definitivamente existem situações em que realmente não entendemos a voz do sangue? E Sangue tem voz?

Sim, Deus disse a Caim exatamente que ele colocou nas mãos da terra o sangue de seu irmão. Pois foi exatamente ele quem tirou a vida do seu irmão, e, fazendo isso, derramou o seu sangue sobre a terra. No momento em que esse sangue é derramado, ocorre um impacto entre a vida e a morte.

Isso causou um choque de terror, pois a terra foi criada como instrumento para trazer a vida de Deus, agora está recebendo um elemento que é a morte.

Isso posto, porque a terra agora tem um poder inimaginável para o sangue, ela agora gera um poder que, para ser alimentado, exige cada vez mais a vida do sangue, pois alguém fez isso.

Exatamente porque a terra receberia as sementes, as quais revelariam apenas uma nova essência ou uma nova vida, as sementes revelariam para a terra o que ela, com o seu grandioso potencial para liberar a vida, traria, a ativação e liberações de uma nova árvore.

Mas o que ocorre? A terra recebe sangue e, ao receber sangue, que é o sustentador da vida, ela agora terá um potencial diferenciado, o de exigir: todas as sementes teriam que morrer para, assim, pagando o preço de morte, ser autorizadas a novamente liberar a sua essência.

Consta em Hebreus 10,4:

> **Porque é impossível que o sangue dos touros e dos bodes tire pecados. (Hebreus 10-4).**

Não adiantaria matar todos os animais da terra, e consequentemente formar um rio de sangue: assim mesmo, seria impossível satisfazer a fome que a terra agora tem para ser alimentada, pois não foi o sangue de um cavalo que foi derramado; neste caso, um cavalo morto extinguiria o pecado de todos os cavalos, ou bodes ou até mesmo touros.

Mas estamos agora lidando com a morte da terra, ou seja, por causa do pecado de Adão, a terra perdeu o poder dos mistérios de Deus da vida, e agora, para tê-los, é necessário, que a terra ao receber novas sementes, estas sementes tenham que em   em primeiro lugar, serem transformadas para que elas possam produzir e isso é chamado de um nível de morte, para a sua nova essência ser revelada.

> **Na verdade, na verdade vos digo que, se o grão de trigo, caindo na terra, não morrer, fica ele só; mas se morrer, dá muito fruto. (João 12, 24).**

A intensidade dessa revelação revela-nos o profundo amor de nosso majestoso Deus, pois, quando chegamos a um determinado ponto, um novo ciclo trará a nós também a necessidade de encerrarmos o velho.

A Revelação da Cruz, vista por Abraão, mostrou-lhe o grandioso amor de Deus por ele exatamente naquele momento em que ele se dispôs a entregar seu filho, a sua semente mais preciosa, o filho de sua promessa.

A Provisão dos céus chegou em favor de Abraão na hora exata, quando o cutelo de Abraão já estava posicionado para retirar a vida de Isaque, mas uma tela de revelação abre-se diante de Abraão, que, mesmo não entendendo, se alegra, e seguidamente o anjo chega e fala-lhe: não é mais necessário prosseguir com o sacrifício.

Ao ver essa revelação se abrir diante dele, ele sente a revelação da provisão do amor de Deus. Não devemos por isso também nos esquecer de que, no caso de Abraão, Deus o impediu de sacrificar Isaque. Mas, no caso de Jesus, ninguém pôde interromper o sacrifício. Ninguém poupou o coração de Deus. Ninguém amenizou o coração de nosso majestoso Pai. Foi um enorme sacrifício realizado por um coração tão amoroso.

> **Abraão, vosso pai, exultou por ver o meu dia, e viu-o, e alegrou-se.**

> Disseram-lhe, pois, os judeus: Ainda não tens cinquenta anos, e viste Abraão?
>
> Disse-lhes Jesus: Em verdade, em verdade vos digo que antes que Abraão existisse, eu sou. (João 8, 56-58).

Análise: Isaque, ao ser sacrificado ali naquele holocausto, como filho de Abraão, mesmo sendo filho de uma grandiosa promessa ativada, era humano, mortal e comum. Não cobriria os pecados de nenhuma geração, e, também, cessaria uma promessa liberada pelos céus. O que Deus ousou mostrar a Abraão naquele momento foi seu imensurável amor, e revelar o coração obediente do grande patriarca da fé.

Outro ponto: os pecados com o sacrifício de Isaque seriam apenas revelados, jamais paralisados. Exatamente pelo motivo de Isaque ser um simples ser gerador de falhas, pecados e iniquidades. Não cobriria pecados como também não os extinguiria, por serem gerados na força do pecado e da morte.

Por esse motivo, Jesus diz aos fariseus que Abraão o viu e se alegrou por vê-lo em seu dia, como hoje também nos alegramos no Senhor.

> Regozijai-vos sempre no Senhor; outra vez digo, regozijai-vos. (Filipenses 4, 4).

Essa é a alegria em que nosso majestoso Deus quer nos revelar no poder de sua autoridade, liberada para assim também liberar a terra. Como também o salário exigido por ela.

> O salário do pecado é a morte, mas o dom gratuito de Deus é a vida eterna. (Romanos 6, 23).

Por esse mesmo motivo, e grande revelação para este tempo Deus está nos chamando a atenção para assim nos dizer o quão grande foi o sacrifício vivo de seu filho.

> Então disse: Eis aqui venho, para fazer, ó Deus, a tua vontade. Tira o primeiro, para estabelecer o segundo. (Hebreus 10, 9).

No exato momento em que o sangue que está sobre a terra recebe o impacto do novo sangue advindo do sacrifício de Jesus

Cristo, este, vence o poder do primeiro sangue derramado, o qual o sangue derramado de Abel permitiu que fossem amarrados pelo poder da terra os mistérios da vida, o segundo vai e arranca esse poder, e com ele começa a trazer a liberdade, que foi um grandioso projeto do eterno Deus desde o início para os seus filhos.

Por isso hoje o sangue não mais pode gritar ao olhar para o poder da morte, quando este é misturado com a vida de Deus derramada por nós, o qual é o poder do sangue de Jesus.

Só quem cria estabelece normas como também as renova: Deus criou-nos, portanto também tornou a nos resgatar do que era mais forte do que nós.

Vejamos outro ponto: *o poder está no sangue de dentro, e não no de fora!*

> [...] **eis que uma virgem conceberá, e dará à luz um filho, e será o seu nome Emanuel. (Isaías 7, 14).**

Imaginamos o momento desse lindo e poderoso nascimento! O nascimento de nosso Emanuel! *Em* ou *in* (dentro); *Man* (homem); *El* (Deus), o que quer dizer "Deus dentro do homem", ou seja, o poder do Santo Espírito ressurreto dentro de um corpo pecador! Deus dentro do barro!

Uma virgem: por quê? O corpo que receberia o Espírito Santo não poderia ter tido contato com a semente do pecado, pois os espermatozoides aprisionam a morte em si, que são as sementes do pecado!

Porque o Messias teria o potencial para vencer o pecado e consequentemente a morte.

Por esse motivo, a palavra de Romanos 3-23 diz:

> **Todos pecaram e destituídos estão da Glória de Deus.**

E, por causa desse pecado, o homem pode se esforçar para cumprir todos os princípios da palavra inerrante de Deus, e, mesmo assim, comete esse pecado, pois o seu maior pecado é a sua vida carnal que abriga dentro de si, o que pode purificá-lo de todos os seus pecados.

O que purifica um homem de seus pecados é sua adoração quando nasce em Espírito e em verdade para com o Espírito Eterno de Deus! Aleluias!

POR QUE O SANGUE DE ABEL GRITOU?

Quanto ao sangue que envolveu ao cordão umbilical e sustentou o Senhor Jesus no útero materno de Maria no momento de seu nascimento, Jesus, mesmo todo ensanguentado, jamais poderia ser purificado ou purificar a sua mãe, Maria, porque esse sangue era o sangue que ficou de fora dele, era o sangue que o alimentava, que o envolvia e lhe concedia a vida de homem, mas, para purificar-nos, precisávamos do sangue de Deus, que nos concederia a vida de Deus.

Para isso, era necessário o sangue do interior de cada uma de suas veias, pois, no momento de sua gestação, recebeu os mistérios do sangue da vida e da morte que vinha através de sua mãe.

Mas, como tinha o poder de gerar a eternidade, como Deus, e gerar novamente a vida por meio da ressurreição da morte, Jesus estava assim captando todos os poderes da morte e de cada prisão da carne por causa do pecado, e assim gerando a vida eterna, que vence a morte, como diz:

Aquele que crê em mim, ainda que esteja morto viverá. (João 11, 25).

Jesus, com toda a humildade e amor, já recebera todas as informações de como realizar cada um desses detalhes de seu Pai; quando o Deus Elohim pousa com seu poder sobre Maria, ele está purificando o ambiente por meio de sua cobertura; em seguida o Santo Espírito de Deus reduz o Espírito de seu filho, Nosso Senhor Jesus, ao tamanho de um espermatozoide; e, em seguida, começa o caminho até o útero de Maria, para introduzi-lo com todo o cuidado necessário.

Que coisa maravilhosa foi esse momento em que a Trindade se uniu a uma mulher, os quatro entrelaçados em um momento, que unem todos os mistérios do Deus eterno.

As quatro estações do ano recebem vitalidade, as quatro direções recebem o seu maior guia e direção, os quatro elementos recebem o poder: terra, água, fogo e ar. Tudo entra em sintonia com o poder da vida de Deus, que inicia nesse instante o poder de vencer a morte, que reina sobre toda a terra!

Quão formosos são os pés D'Aquele que anuncia as boas novas.

João olha para os pés de Jesus e perde o sentido; Daniel também, em visão, quando olha para os pés do poderoso varão, perde os sentidos; Ezequiel, por sua vez, cai com o rosto em terra; e o profeta Jeremias fica sem palavras.

Os pés do varão de branco anunciam as novas sandálias, ou seja, a nova direção da vida de Deus, e anulam a vida do homem pecador e desobediente. Esta, sim, traz a nova vitalidade adquirida pelo poder do sangue da vida eterna de Deus, gerada pela morte, mas vencida pela vida.

Em Gênesis 1, 26:

> **Também disse Deus: Façamos o homem à nossa imagem, conforme a nossa semelhança; tenha ele domínio sobre os peixes do mar, sobre as aves dos céus, sobre os animais domésticos, sobre toda a terra e sobre todos os répteis que rastejam pela terra.**

É impressionante a perfeição de tudo em que as mãos do Todo-Poderoso Deus são colocadas. Ele revela.

> **Portanto, não os temais; porque nada há encoberto que não haja de revelar-se, nem oculto que não haja de saber-se. (Mateus 10, 26).**
>
> **Ele revela o profundo e o escondido; conhece o que está em trevas, e com ele mora a luz. (Daniel 2, 22).**

Deus por revelação através de sua palavra nos mostrou a essência de como trouxe o poder da vida no sangue.

De onde veio o sangue e o que representa?

Em primeiro lugar, o que a palavra de Gênesis 1, 26 nos diz é que eram mais de um e unidos para a criação do homem. Sabemos também, por revelação, como a terra e o seu pó foram por nosso Deus Criador criados, e com isso sabemos que há separação de cada um que compõe a Trindade para a constituição de tudo que, em primeiro lugar, para os homens é mistério, e depois a conclusão dos fatos. A materialização de algo sai do interior de quem está ali criando.

A primeira coisa: tudo começou com a terra. Se for a terra o elemento utilizado, quem criou a terra foi o Deus Elohim, ou seja, o Deus Criador. Então sabemos que um dos compostos da terra é o sal.

Sal, porque Deus, quando ficou com o seu Espírito sobre as águas, estava ali fertilizando esta mesma água com os seus mistérios.

Depois disso sabemos que a essência chamada sal, que são os cristais, a parte sólida unida à escuridão e também à luz de Deus, formou o elemento terra. O mais lindo aqui é que tudo isso possui algo que saiu do próprio Deus Elohim.

> **E chamou Deus à porção seca Terra; e ao ajuntamento das águas chamou Mares; e viu Deus que era bom. (Gênesis 1, 10).**

Agora o próprio Deus se assenta sobre essa terra e começa a envolvê-la. Vai regando com a água dos rios — pode até ser que tenha sido o Eufrates (Gênesis 2, 14), o rio dos mistérios de Deus. Se é rio, a água é doce. Rios possuem águas doces; e mares, águas salgadas.

Por que água doce? Sabemos que o sol tem o potencial de amadurecer todas as frutas com o seu calor, logo sabemos também que a primeira coisa que o Deus Elohim fez antes da terra foi a luz.

> **E disse Deus: Haja luz; e houve luz. (Gênesis 1, 3).**

Essa luz, com certeza, não foi o governo, mas a voz profética que traria as chaves para iniciar a ativação da criação de todas as coisas e liberá-las.

> **E viu Deus que era boa a luz; e fez Deus separação entre a luz e as trevas. (Gênesis 1, 4).**

Quem é a Luz? A Palavra diz que Jesus é a luz do mundo, e tudo foi feito por meio d'Ele mesmo.

> **Falou-lhes, pois, Jesus outra vez, dizendo: Eu sou a luz do mundo; quem me segue não andará em trevas, mas terá a luz da vida. (João 8, 12).**

Tudo foi feito por meio da palavra: "Haja Luz", ou seja, "Haja Jesus".

> **Todas as coisas foram feitas por ele, e sem ele nada do que foi feito se fez.**
>
> **Nele estava a vida, e a vida era a luz dos homens.**
>
> **E a luz resplandece nas trevas, e as trevas não a compreenderam. (João 1, 3-5).**

O Início de tudo que agora será realizado, por intermédio do Poder da Luz, e a luz serão os comandos da própria revelação do que estava em oculto no interior do próprio Deus.

Por isso Deus separou águas e águas. Sendo assim, os mistérios dos raios solares envolveram as águas dos rios pela vida existente neles, para assim trazer os mistérios de tudo que é doce.

Por que podemos agora afirmar isso? Em revelação, Deus concedeu-nos uma visão segundo a qual, na sala de mistérios do sangue, existe a composição inicial que Deus, quando começa a criação das terminações nervosas, usa.

Quais são esses mistérios fornecidos por Deus?

Vamos lá: Deus começa a envolver poderosamente os cristais da terra e a água. Terra nós já sabemos que são cristais de sal e os mistérios de Deus.

Assim sendo, as águas salgadas, ao serem dela retiradas os cristais de sal e com componentes dos mistérios revelados e ativados para ser a vida de Deus, ele a libera como porção seca, chamando-a de Terra; logo as águas de que foram retirados os cristais agora se tornam águas doces, chamadas assim rios.

Esse potencial do verbo vivo, a palavra viva, o poder da criação da vida de Deus em tudo, também tem a revelação do que Deus está liberando para dar sequência a cada detalhe dos céus para a terra.

> **No princípio era o Verbo, e o Verbo estava com Deus, e o Verbo era Deus.**
> **Ele estava no princípio com Deus. (João 1, 1-2).**

Deus agora inicia o processo de usar o que criou, para formar do que foi criado o que trará.

Na sequência dos cristais, o Deus Elohim começa a envolver com a água doce para em seguida formar uma massa homogênea. Para essa massa ficar em perfeita sintonia.

O nosso Deus Elohim começa a derramar de tudo que existem em seu interior (O Deus criador – Elohim). A nossa imagem e a nossa semelhança.

À nossa imagem e à nossa semelhança: semelhança = igual, algo que o próprio Deus tirou d'Ele mesmo para transferir à sua criação ali sendo manifesta.

Vejam bem: em duas etapas ele realizou isso.

POR QUE O SANGUE DE ABEL GRITOU?

> **E criou Deus o homem à sua imagem; à imagem de Deus o criou; homem e mulher os criou. (Gênesis 1, 27).**

Deus primeiramente criou o homem e a mulher em seu interior, e após ter realizado isso Ele os mantém em seu interior.

Agora, Deus revelará sua real criação, quando Ele, em Gênesis 2, 7, vai, com o Filho e o Santo Espírito, formar da terra a segunda etapa para a sua criação.

> **E formou o Senhor Deus o homem do pó da terra, e soprou em suas narinas o fôlego da vida; e o homem foi feito alma vivente. (Gênesis 2, 7).**

Deus da terra, Ele retira o pó e desse pó Ele forma o corpo do homem, e esse corpo abrigará aquilo que Ele havia criado em seu interior.

Primeiro Deus cria dentro d'Ele um homem e uma mulher, mas Deus é Espírito: e como Ele cria dentro de si um espírito feminino e um masculino?

Na realidade, Deus cria os mistérios da vida desses corpos que serão estabelecidos, assim que soprar sobre o corpo formado do pó da terra.

Mas Deus sopra em um corpo o espírito de Adão e o de Eva?

Deus criou em seu interior macho e fêmea, e agora só está estabelecido o corpo vivo de Adão, e Deus somente liberará Eva no tempo da maturidade de Adão.

Quando isso ocorre, um sono será liberado sobre Adão, e uma cirurgia retirará um osso, e esse osso será o material para o novo corpo do espírito feminino ser liberado.

O material para o corpo ser ativado de Eva não é do pó, e sim do osso, um material mais trabalhado e resistente, porque esse novo corpo receberá os mistérios da gestação da vida. Como esse corpo gerará vida, necessitará ser resistente.

Ossos, estrutura e resistência.

Deus diz: a minha noiva, o meu povo, a minha Casa são ossos.

> **Então me disse: Filho do homem, estes ossos são toda a casa de Israel. Eis que dizem: Os nossos ossos**

> se secaram, e pereceu a nossa esperança; nós mes-
> mos estamos cortados.
>
> Portanto profetiza, e dize-lhes: Assim diz o Senhor
> DEUS: Eis que eu abrirei os vossos sepulcros, e vos
> farei subir das vossas sepulturas, ó povo meu, e vos
> trarei à terra de Israel.
>
> E sabereis que eu sou o Senhor, quando eu abrir os
> vossos sepulcros, e vos fizer subir das vossas sepul-
> turas, ó povo meu. (Ezequiel 37, 11-13).

Ossos são a estrutura, a resistência maior, o elemento dos mistérios da vida, ossos e sangue, e são esses mistérios que compõem a nova vida de Deus. Os ossos não serão quebrados, porque é a estrutura, o alicerce, o fundamento. Como também sangue é a base da vida, e isso Jesus, no poder da criação, está liberando.

Percebe-se que, ao formar o corpo do pó, Ele os cria como alma vivente, e Jesus vem para salvar o que estava perdido. A alma, que, na realidade, é um corpo emocional, mente e emoções. Mente e coração, que são as bases do equilíbrio.

Quando Elizeu morre, e já está em ossos, um soldado morto é lançado em sua sepultura, e é tocado em seus ossos e recebe a vida.

Isso nos mostra o legado da revelação profunda da palavra de nosso Deus, o manto profético de sua liberação e de sua palavra.

> E sucedeu que, enterrando eles um homem, eis que
> viram uma tropa, e lançaram o homem na sepul-
> tura de Eliseu; e, caindo nela o homem, e tocando
> os ossos de Eliseu, reviveu, e se levantou sobre os
> seus pés. (2 Reis 13, 21).

Outro ponto: ossos são estrutura e resistência, por isso a mulher tem potencial de gerar vida e de sentir dores — o sexo masculino não tem condições físicas ou emocionais para isso. Por isso Deus está liberando essa resistência à sua noiva, ou à sua Igreja.

> Sujeitai-vos, pois, a Deus, resisti ao diabo, e ele
> fugirá de vós. (Tiago 4, 7).

E, nesse sentido, voltamos um pouco mais aos detalhes, e encontramos as maravilhas dos mistérios de nosso majestoso Deus.

Ele começa em seguida a moldar mãos, pés, braços, enfim, cada órgão interno e cada uma das terminações nervosas. Aleluias! O impressionante é que Ele envolve as veias e sabe Ele que, para que tudo funcione, é necessário o sangue, ou seja, a parte que conduzirá a vida. A vida que levará vida para toda a extensão desse corpo.

Então o que faz Deus? Da sua própria essência, cria o sangue, valendo-se dos mistérios do salgado e do doce, que vem a ser das águas salgadas e das águas doces. Aleluia!

Por quê? Pelo simples motivo de que nós somos compostos por uma essência original que saiu das entranhas do próprio Deus — pois Ele pairava sobre as águas como se estivesse ali as chocando.

E chocar é transferir. Pois bem, transferiu d'Ele o que também transferiu para cada uma de suas criações. Mas com o homem Ele também fez algo mais: o que é?

Ele usou, no primeiro homem que estava sendo criado por um Deus tão perfeito, a transferência de sua essência através de suas mãos. Conforme Ele criava o homem com suas mãos, os mistérios que suas mãos contêm foram sendo transferidos para esse homem, para que a vida de Deus pudesse ali habitar.

Em seguida, depois de colocar esse mesmo homem em pé, o Filho de Deus, ali também presente, começou a retirar de suas entranhas os mistérios do que possuía. Sabemos que o Senhor Jesus é o sol da justiça.

> E o resplendor se fez como a luz, raios brilhantes saíam da sua mão, e ali estava o esconderijo da sua força. (Habacuque 3, 4).

Também sabemos que Ele é o Deus Filho que saiu das entranhas do Deus do amor. Deus tem amor n'Ele mesmo, ou seja, Ele gera o amor como gera o poder n'Ele mesmo. Nós amamos e recebemos o que vem de Deus, pois, como diz a palavra em Romanos 11, 36:

> Porque dele, e por meio dele, e para ele são todas as coisas. A ele, pois, a glória eternamente. Amém!

Não temos poder em nós, se não estivermos conectados em Jesus Cristo. Como diz a palavra em João 15, 5:

> **Eu sou a videira, vós, os ramos. Quem permanecer em mim, e eu, nele, esse dá muito fruto; porque sem mim nada podeis fazer.**

Agora saímos nesse momento da parte criadora do Deus Elohim e entramos na parte do Deus Filho.

Este começa a transferência para a criação humana, transferindo tudo o que recebeu do pai. E começa pela psique, ou seja, pelas emoções. Alma é exatamente isso: as emoções humanas, os pensamentos, o eu do ser humano.

Jesus é o responsável pela alma, pois foi a sua parte na criação humana. Por quê? O primeiro ser foi criado alma vivente. Como diz a palavra em 1 Coríntios 15, 45:

> **Pois assim está escrito: O primeiro homem, Adão, foi feito alma vivente. O último, porém, é espírito vivificante.**

Quem cria estabelece as regras. Jesus criou a alma humana, logo, sendo Ele o criador da parte introduzida no homem criado imagem e semelhança de Deus, Jesus Cristo sendo o responsável por isso, logo Ele também é o responsável direto. Por esse motivo, Ele está ali naquele momento tão importante.

E, por último, o Espírito Santo chega para a parte final. A criação ou transferência do espírito para o homem criado, pelo Deus Elohim e pelo Deus Filho, e finalmente a transferência pelo Deus Espírito Santo.

Agora o homem está pronto e inicia a sua vida. Juntamente depois com a parte de suas entranhas formadas por Deus, a parte feminina do homem, sua adjutora e esposa, Eva.

Eva introduz o pecado da desobediência, mas isto só permite o acesso do engano no Reino de Deus. Que consequentemente se perde de sua essência original, mas ainda para ele não é o suficiente, o que o adversário de Adão e Eva, Satanás quer são os mistérios do sangue de Deus.

Para isso ele vai promover um projeto, e isso tem que ser feito não só pela morte do espírito e da alma, mas agora também do corpo. Então ele espera a criação frutificar e, quando isso ocorre, começa o seu plano diabólico.

Satanás gera algo seu como se fosse um corpo, como Deus também fez. Em seguida pega esse corpo em miniatura e introduz no corpo de um dos filhos do casal. Já confirmada a introdução desse corpo no corpo de Caim, Satanás começa a instruir um dos seus espíritos imundos de como fará com que a morte em vida, ou seja, a separação da fé em Deus aconteça com Caim.

Tudo minuciosamente calculado por ele. Agora com o espírito imundo habitando em Caim no corpo formado pelo próprio Diabo, ele inicia um plano, de receber o sangue de Deus e de um adorador de Deus fiel, para assim ter os mistérios do Sangue de Deus no homem, e consequentemente ter o poder de Deus em suas mãos para ferir constantemente a Deus, no intuito de vencê-lo.

Como diz a palavra em Gênesis 4, 10-11:

> **E disse Deus: Que fizeste? A voz do sangue de teu irmão clama da terra a mim.**
>
> **És agora, pois, maldito por sobre a terra, cuja boca se abriu para receber de tuas mãos o sangue de teu irmão.**

A boca aqui relatada é a boca do inferno. Agora Satanás tem acesso à terra, a terra também lhe pertence, pois agora está amaldiçoada, e com servidor em seu favor.

Não só isso, mas também agora encontra os mistérios do poder latente da alma, ou seja, por meio do sangue, e pela alma do primeiro homem, que vai por desobediência para as suas mãos.

A palavra diz em 1 João 3, 12:

> **Não segundo Caim, que era do maligno e assassinou a seu irmão; e por que o assassinou? Porque as suas obras eram más, e as de seu irmão, justas.**

E em 1 João 5, 19:

> **Sabemos que somos de Deus e que o mundo inteiro Jaz no maligno.**

Por isso todas as vezes que o Espírito do mundo está sendo conectado em alguém da liderança da terra, ou seja, um rei, um presidente, que faz parte do governo, quem governa é Satanás.

Em Daniel está um exemplo vivo disso, em relação ao poder de Satanás sobre um reino e sobre uma pessoa. Nabucodonosor, este conheceu o poder latente da alma desenvolvido em si. Tudo porque Satanás teve acesso aos mistérios do sangue e da alma.

Daniel 4, 33 diz:

> No mesmo instante, se cumpriu a palavra sobre Nabucodonosor; e foi expulso de entre os homens e passou a comer erva como os bois, o seu corpo foi molhado do orvalho do céu, até que lhe cresceram os cabelos como as penas da águia, e as suas unhas, como as das aves.

Aqui encontramos uma prova dos mistérios das águas de Deus. O orvalho é água, e aqui, analisando que, quando o orvalho do céu molhou o corpo, iniciou a mudança, chegamos à conclusão de que Satanás tinha em seu poder os mistérios das águas salgadas e doces, recebidas pelo primeiro homicídio.

E, como o poder da vingança, o poder da sedução, o orgulho, a vaidade e arrogância são atributos do próprio Diabo, logo, assim que conectados, esses atributos já são suficientes para a ação de Satanás iniciar-se.

Havia uma profecia para tudo isso concedida ao Diabo pelo próprio Deus. E qual era? Em Gênesis 3, 15, diz-se:

> Porei inimizade entre ti e a mulher, entre a tua descendência e o seu descendente. Este te ferirá a cabeça, e tu lhe ferirás o calcanhar.

Satanás sabia que essa promessa para esmagar o seu poder e a sua autoridade teria término. Só não sabia por quem que ocorreria ou quem também seria usado.

Já imaginamos quanto o seu tormento durante anos foi grande. A cada semente da mulher nascida, iluminada por Deus, ele ficava ali desesperado e tentava pelos seus meios destruí-la. Como tentou fazer com Moisés, que matou muitas crianças para alcançá-lo.

Satanás agora tinha os mistérios do sangue pela parte de Deus. Mas Deus disse-lhe que teria que enfrentá-lo de outra maneira, e pela nova maneira seria destruído, como a palavra de Deus diz em João 1, 29:

> No dia seguinte, viu João a Jesus, que vinha para ele, e disse: Eis o cordeiro de Deus, que tira o pecado do mundo!

No livro de Hebreus 12, 24:

> E a Jesus, o mediador da nova aliança, e ao sangue da aspersão que fala coisas superiores ao que fala o próprio sangue de Abel.

De que maneira Jesus se apresenta na terra? Da mesma maneira de que o primeiro Adão chegou.

O Deus Elohim (Criador) cobriu a Maria, e em seguida o Espírito Santo com Jesus sendo carregado como um pequeno embrião, foi introduzido no útero da virgem Maria, como diz a palavra de Lucas 1-35.

Isso foi necessário ser feito por Jesus para que ele pudesse em seu Espírito obter todas as informações do corpo humano.

Cada um dos mistérios do Pai, para ser revelado por meio da gestação humana.

Jesus derramou até a última gota de sangue primeiro para que assim pudesse preparar o caminho espiritual para alcançar o seu inimigo, seu maior adversário. Depois de todo o sangue com todos os mistérios já derramados, foi vencer a morte.

E, quando se deparou com o espírito da morte e o espírito do inferno, ou seja, o próprio Satanás, que é o detentor de todo poder destrutivo, foi lutar e vencê-lo.

Agora vamos voltar à promessa de Deus para um dos seus profetas maiores, Ezequiel 37, 13, que nos diz:

> Sabereis que eu sou o Senhor, quando eu abrir a vossa sepultura e vos fizer sair dela, ó povo meu.

Aqui se inicia um dos grandes mistérios da ressurreição que Deus prometeu ao profeta Ezequiel, e que foi concluído no momento da morte de Jesus Cristo.

O Deus Elohim chegou até a terra e disse-lhe que era chegada a hora de devolver suas sementes. A terra obedeceu imediatamente e trouxe os corpos das sepulturas.

O Deus Espírito Santo, o Senhor que atua nos ventos fortes, promoveu um grande terremoto para ajudar a terra, e o Senhor Jesus foi buscar os mistérios da alma e do Espírito amarrados pela morte, pelo inferno e por Satanás.

Isso foi possível porque o sangue de Jesus passou pelo filtro do seu próprio Espírito e, quando isso ocorreu, Satanás não pôde requerer desse sangue remidor os seus mistérios e foi paralisado pelo poder do sangue de Jesus!

Foi isso que ocorreu inicialmente. Em seguida, o Senhor Jesus pôde retirar o poder do sangue e seus mistérios das mãos de Satanás, e, quando isso ocorreu, o próprio Senhor Jesus assumiu, com os mistérios já em suas mãos do poder do sangue de seu Pai e do seu próprio sangue.

Para isso ocorrer, Ele teve que encarar a morte, concedendo a sua vida.

> **Ninguém tem maior amor do que este, de dar alguém a sua vida pelos seus amigos. (João 15, 13).**

Em seguida o Senhor Jesus, de posse das chaves do inferno e da morte, venceu a autoridade do pecado por meio dos mistérios de seu sangue, que contém os mistérios do sangue da carne, que vem do Pai e de seu próprio poder, por ter criado a alma vivente, e pelo poder do Espírito Santo.

Agora as catacumbas são abertas, os corpos devolvidos e ressuscitados pelo poder do salvador verdadeiro de todas as almas.

Jesus Cristo, o salvador de todas as almas, pois também é seu criador. Aleluia!

ÁGUA EM VINHO

> **Quem nos separará do amor de Cristo?**
> **Será a atribulação? Ou a angústia? Ou perseguição?**
> **Ou fome? Ou nudez? Ou perigo? Ou espada, como**
> **está escrito, por amor de ti, somos entregues à morte**
> **o dia todo, fomos considerados como ovelhas para o**
> **matadouro, em todas essas coisas, porém somos mais**
> **que vencedores por meio daquele que nos amou.**
> **(Romanos 8, 35-37).**

Se na terra é muito difícil sermos um povo vencedor, imagine sermos um povo mais do que vencedor.

Se para tudo há um preço a ser pago nesta terra, imagine para uma mulher... O preço que ela paga durante o período de gestação, tendo ela que carregar o peso de uma barriga por nove meses, sentir enjoo, às vezes as dores e os incômodos dos chutes do bebê e outras vezes o mal-estar normal de uma gestante, isso é um preço. Mas, quando a mãe tem o seu lindo bebê nos braços, automaticamente ela se esquece de todas as dores, de, enfim, todo o preço que fora pago.

Outro preço também muito caro é de um pai de família: ele geme para ser um provedor de um lar e, quando algo não sai da forma que ele deseja, ele sofre e sofre. Por quê?

Porque, para um homem ver um filho ou uma esposa sofrendo, e ele sem recursos para suprimentos de todas as necessidades, esse nível de dor é penoso.

Imagine então o preço a ser pago para nós que somos a luz do mundo e discípulos leais de um Senhor como é o Senhor Jesus Cristo.

Vivenciamos um tempo bastante conturbado, em que a religião em suas diversas vertentes traz sempre uma nova forma de aprisionar muitas vidas. Deus diz desde o princípio que, como estamos em um corpo humano, não deveríamos usar esse corpo para contatos contrários à sua essência.

No jardim Eva se depara com uma serpente falando nada mais do que exatamente o que ela queria ouvir.

> **Porque Deus sabe que no dia em que dele comerdes se abrirão os vossos olhos, e sereis como Deus, sabendo o bem e o mal.**
>
> **E viu a mulher que aquela árvore era boa para se comer, e agradável aos olhos, e árvore desejável para dar entendimento; tomou do seu fruto, e comeu, e deu também a seu marido, e ele comeu com ela. (Gênesis 3, 5-6).**

Tudo quanto Eva tinha em seu interior era um desejo e, ao ouvir uma nova voz, imediatamente, como essa voz era compatível ao seu desejo, ela não se importou com a voz de seu esposo, Adão, dizendo que não deveriam comer daquele fruto. Adão, por sua vez, imediatamente também não deu importância ao comando inicial, que era a voz do próprio Deus.

Tudo isso trouxe uma consequência não avisada pela serpente, trazendo o potencial de um engano e que usou aquele corpo apenas para um projeto de sedução. Deus avisou a Adão para não ouvir outras vozes, mas, a maior de todas as vozes que ele quis ouvir, foi a voz de seu coração.

> **Enganoso é o coração, mais do que todas as coisas, e perverso; quem o conhecerá?**
>
> **Eu, o Senhor, esquadrinho o coração e provo os rins; e isto para dar a cada um segundo os seus caminhos e segundo o fruto das suas ações. (Jeremias 17, 9-10).**

O poder do engano estava justamente no coração, que também é o músculo responsável pela corrente sanguínea de todo o organismo em liberar a vida. A vida será contaminada com o poder do engano. Isso geralmente ocorre pelo poder mental que luta em todo o tempo contra essências de verdades geradas em nosso espírito, mas, quando nosso espírito está interligado ao mundo, este sempre trará as consequências do engano.

> **Mas, se ainda o nosso evangelho está encoberto, para os que se perdem está encoberto.**
>
> **Nos quais o deus deste século cegou os entendimentos dos incrédulos, para que lhes não resplandeça a luz do evangelho da glória de Cristo, que é a imagem de Deus.**

> Porque não nos pregamos a nós mesmos, mas a Cristo Jesus, o Senhor; e nós mesmos somos vossos servos por amor de Jesus. (2 Coríntios 4, 3-5).

O poder do engano está justamente na mente, e a mente será envolvida com tudo quanto descendo ao coração gera o poder do engano e das trevas.

> E nisto conhecemos que somos da verdade, e diante dele asseguraremos nossos corações;
>
> Sabendo que, se o nosso coração nos condena, maior é Deus do que o nosso coração, e conhece todas as coisas.
>
> Amados, se o nosso coração não nos condena, temos confiança para com Deus;
>
> E qualquer coisa que lhe pedirmos, dele a receberemos, porque guardamos os seus mandamentos, e fazemos o que é agradável à sua vista. (1 João 3, 19-22).

Imagine: nos céus, quando ainda Lúcifer iniciou o poder do engano sendo nele gerado, Deus não o impediu; pelo contrário, quando transferiu esse mesmo poder para o primeiro líder angelical, isso também foi sendo visualizado pelo próprio Deus, e isso foi sendo cada vez mais constante. Deus foi analisando que cada líder angelical nos céus recebia esse poder do engano advindo de Lúcifer, cada um tinha uma reação; e Deus permitiu até se tomar um terço de todos os anjos dos céus.

> E foi precipitado o grande dragão, a antiga serpente, chamada o Diabo, e Satanás, que engana todo o mundo; ele foi precipitado na terra, e os seus anjos foram lançados com ele.
>
> E ouvi uma grande voz no céu, que dizia: Agora é chegada a salvação, e a força, e o reino do nosso Deus, e o poder do seu Cristo; porque já o acusador de nossos irmãos é derrubado, o qual diante do nosso Deus os acusava de dia e de noite. (Apocalipse 12, 9-10).

O próprio Senhor Jesus fala a respeito da queda de Lúcifer e orienta seus discípulos a respeito da queda:

> E disse-lhes: Eu via Satanás, como raio, cair do céu.
>
> Eis que vos dou poder para pisar serpentes e escorpiões, e toda a força do inimigo, e nada vos fará dano algum.
>
> Mas, não vos alegreis porque se vos sujeitem os espíritos; alegrai-vos antes por estarem os vossos nomes escritos nos céus. (Lucas 10, 18-20).

Deus preferiu permitir o pecado gerado em Lúcifer, um anjo de luz que gerou em seu interior as trevas — e não somente isso, mas também o próprio pecado e as iniquidades. Estas, iniquidades transferidas em cada novo ser angelical que eram liberadas, eram recebidas e reagidas em cada um de uma forma, e, com uma reação, liberado na terra em cada ser humano, com um nível diferenciado também.

A terra tornou-se sem forma e vazia com todos os níveis liberados como um ácido corrosivo em toda a sua extensão. Deus permitiu que um nível bem corrosivo fosse liberado por todos os líderes angelicais, para assim quando todos já liberados e o ácido chamado pecado e iniquidade alterando o que havia, mas, na sequência Deus começou seu projeto original.

> E adoraram-na todos os que habitam sobre a terra, esses cujos nomes não estão escritos no livro da vida do Cordeiro que foi morto desde a fundação do mundo. (Apocalipse 13, 8).

Esse projeto realizado por Deus antes da fundação do mundo quer nos mostrar isso. Antes de Deus fundar um novo ciclo e um novo tempo para a terra, ele também possuía um projeto, e nesse seu projeto ele também usaria todo esse ácido chamado pecado e iniquidade, como também as trevas. Para isso Ele pairou sobre ela. Pairar representa liberar algo ou chocar, assim como uma galinha sobre seus ovos, liberando a vida para que, por meio dos seus mistérios de seu interior, ela valide aquele ovo e o faça ter exatamente a transferência de seu interior sobre tudo que contém aquele ovo, para assim tonar-se um novo ser.

Deus fez isso naquelas águas, e, quando estava pronto, Ele chamou a luz.

> E disse Deus: Haja luz; e houve luz.
>
> E viu Deus que era boa a luz; e fez Deus separação entre a luz e as trevas. (Gênesis 1, 3-4).

Vejamos: Deus agora separa luz e trevas, dia e noite, e, a partir desse momento, trará todas as coisas à existência.

Deus não criou algo vazio e sem forma, mas o pecado advindo na terra por todos os anjos caídos aqui liberou exatamente o que seria usado pelo próprio Deus para ser parte desse projeto, o bem e o mal, as trevas e a luz, a noite e o dia.

Por isso, quando Deus cria o homem com a porção seca retirada de todos esses elementos, água com trevas e luz, como também os mistérios do bem e do mal, ele dirá a esse homem:

> **E ordenou o Senhor Deus ao homem, dizendo: De toda a árvore do jardim comerás livremente,**
>
> **Mas da árvore do conhecimento do bem e do mal, dela não comerás; porque no dia em que dela comeres, certamente morrerás. (Gênesis 2, 16-17).**

Conhecimento é algo que ativaria a consciência do homem em sua mente. Ele possuía o conhecimento do bem e da luz de Deus, mas no fruto havia a parte nociva que continha na terra e em tudo quanto o próprio Deus usou para preparar tudo na terra e entregar em domínio do homem.

Ele teria que escolher se teria também a ciência do conhecimento do mal, além da ciência do bem.

> **Porque Deus encerrou a todos debaixo da desobediência, para com todos usar de misericórdia.**
>
> **Ó profundidade das riquezas, tanto da sabedoria, como da ciência de Deus! Quão insondáveis são os seus juízos, e quão inescrutáveis os seus caminhos!**
>
> **Por que quem compreendeu a mente do Senhor? ou quem foi seu conselheiro?**
>
> **Ou quem lhe deu primeiro a ele, para que lhe seja recompensado?**
>
> **Porque dele e por ele, e para ele, são todas as coisas; glória, pois, a ele eternamente. Amém. (Romanos 11, 32-36).**

Profundidade das riquezas, tanto da sabedoria liberada como um dos Espíritos do próprio Deus, como da ciência do bem e do mal. A ciência liberada deveria trazer também um antidoto, assim como o veneno de uma víbora. O veneno também será usado para produzir o próprio antidoto que salvara a ação nociva no organismo de quem o receber.

Por isso é que os mistérios do mal liberados nesta árvore em que o próprio Deus ao perceber as transferências de um gerador do engano e do mal, para uma arvore que seria o objeto de transferência, que estava sendo liberados na terra, este poder nocivo também liberado para a sua imagem e semelhança, o homem.

E, com isso, quando o homem acessou esse mesmo conhecimento, Deus iniciou seu projeto na terra, que seria finalizado com a vinda de seu próprio Filho recebendo n'Ele mesmo o poder do conhecimento do bem e do mal como uma serpente, para gerar n'Ele o antídoto que venceria o pecado.

Mas, Satanás conhece tudo isso e todas as coisas que foram geradas nele pelo poder do engano como transferidas também para muitos dos anjos que agora servem a ele e juntos tem o projeto de destruir aquilo que é o projeto dos céus e do próprio Deus, ele o tempo todo gera estratégias nocivas contra o homem para assim atingir a Deus, engano estabelecido para atingir homens e mulheres por muitas vezes estarem em momentos de muitas fragilidades, pois, os anjos caídos eles já tem conhecimentos profundos e até mesmo um desejo de uma mãe, ele conhece, e usa isto para se passar exatamente por um ente querido fazendo assim para enganar.

Na sequência poderemos analisar um texto bíblico usado muitas vezes pelos poderes do engano.

> **E eis que lhes apareceram Moisés e Elias, falando com ele. (Mateus 17, 3).**

O fato de o Senhor Jesus ter falado com o espírito de dois sacerdotes de Deus não quer dizer que o diabo tem acesso aos mistérios de Deus, porque o que é de Deus Ele não divide com outrem, muito menos com o diabo.

Por outro lado, o profeta Malaquias, no seu último capítulo, deixou a promessa de que o profeta Elias voltaria para restaurar todas as coisas por meio de João Batista, e isso muitas vezes tem sido a bússola errada para interpretação de doutrinas próprias, nesses sentidos contrários à revelação bíblica e dos céus.

POR QUE O SANGUE DE ABEL GRITOU?

O profeta Elias passou a sua capa para seu sucessor Eliseu — mas, na verdade bíblica de sua revelação, o que representa essa capa? Essa capa representa os dons espirituais, os quais são apresentados pelo Espírito Santo e utilizados por todo aquele que possui o Espírito de Deus. Essa capa foi sendo passada até chegar a João Batista, que preparou o caminho para o Senhor Jesus.

O mesmo Espírito que operou milagres e prodígios na vida de Elias foi também o mesmo Espírito que operou as mesmas maravilhas na vida de João Batista, mas isso não quer dizer que o Espírito que foi encarnado por Elias seja o mesmo de João Batista, e a Bíblia prova isso. Sabe por quê?

É necessário que haja morte física para que o espírito se retire do corpo, e Elias não teve morte física, ele foi arrebatado com o corpo e com o espírito, como se diz:

> **Indo eles andando e falando, eis que um carro de fogo com cavalos de fogo o separou um do outro e Elias subiu ao céu num redemoinho, o que vendo Eliseu clamou Meu Pai, Meu Pai, carros de Israel e seus cavalheiros, e nunca mais o viu, e tomando as tuas vestes rasgou-as em duas partes, então levantou o manto que Elias o deixara cair e voltando pôs-se a bordo do Jordão. (2 Reis 2, 12-13).**

Outro detalhe importante é que o Senhor Jesus, que teve os seus caminhos preparados por João Batista, veio para eliminar o poder da morte e do inferno, e trazer ressurreição, ou seja, vida nova.

Colocaremos aqui uma pontuação: em outros casos, não de Elias e de João Batista, caso houvesse possibilidade de uma reencarnação, como muitos dizem, esta pudesse ser a forma eficaz de o homem evoluir.

Vejamos bem: Deus, ao permitir que o poder do pecado e das iniquidades fossem multiplicados nos céus e depois na terra, sabe que o conhecimento do mal, e do engano, entraria em ação o tempo todo contra o homem, e isso seria para que a dependência humana viesse a ser cada vez mais intensa em Deus.

Jesus Cristo de Nazaré, sendo o que recebeu no interior do útero humano de Maria, gerou um antídoto contra todo o pecado e a iniquidade, como também Ele mudou, por meio de seu sangue, aquilo que jamais poderia ter saídas positivas para o homem.

E isso por meio da ressurreição. Mas, voltando — ainda assim, corrijo —, não existe sequer essa oportunidade: cada grão de terra foi constituído especificamente para liberar os mistérios de um corpo; o espírito na bolsa d'água recebe todos os mistérios de Deus liberados na água, por meio do que o próprio Deus gerou para cada espírito que encarna. Ao encarnar um espírito, traz em si mesmo os mistérios que usara com os mistérios liberados na bolsa d'água, para gerar um corpo específico e, assim, envolvê-lo — sabendo que serão esses mesmos mistérios que liberarão a sua ressurreição no tempo determinado, pois agora quem possui as chaves do inferno e da morte é o mesmo que gerou o antídoto contra o veneno do pecado, da iniquidade e da morte:

Mateus 27, 52:

> **Abriram-se os sepulcros, e muitos corpos de santos que dormiam ressuscitaram.**

Outro detalhe muito importante:

> **Jesus Cristo é o caminho a verdade e a vida e ninguém vai ao Pai senão por ele. (João 14, 6).**

Todos os caminhos conduzirão a Deus, como diz a própria palavra de Hebreus:

> **E, como aos homens está ordenado morrerem uma vez, vindo depois disso o juízo,**
>
> **Assim também Cristo, oferecendo-se uma vez para tirar os pecados de muitos, aparecerá segunda vez, sem pecado, aos que o esperam para salvação. (Hebreus 9 27, 28).**

Somente através do novo nascimento será possível o homem ser gerado novamente em Deus como filho, pois, Jesus Cristo teve acesso para tornar-se o novo ventre sem o veneno do pecado. Através de sua cruz ele modifica toda a essência pecadora para todos aqueles que querem e desejam nascer dele e para ele. Para juízo todos os homens chegam a Deus, mas, ao Pai somente através de Jesus Cristo.

A Bíblia relata que todas as religiões nos condicionaram ao juízo por todas as nossas atitudes e pelo estilo de vida nesta terra.

POR QUE O SANGUE DE ABEL GRITOU?

Seja qual for nosso comportamento ou o credo que confessarmos, todos os seres criados por Deus passarão pelo juízo final antes da decisão sobre para onde seguirá nosso espírito.

Outro detalhe importante é que:

> **Sabemos também que o Filho de Deus veio e nos deu entendimento, para que conheçamos aquele que é o Verdadeiro. E nós estamos naquele que é o Verdadeiro, em seu Filho Jesus Cristo. Este é o verdadeiro Deus e a vida eterna.**
>
> **Filhinhos, guardem-se dos ídolos. (1 João 5, 20-21).**

Jesus tem em suas mãos as chaves da morte e do inferno (Apocalipse 1, 18).

Exatamente por Ele ter as chaves da morte e do inferno — e, com certeza, Ele é a vida e a ressurreição —, Ele não é reencarnação, e sim purificação total de todos os nossos pecados. O homem só tem vida eterna por meio do Senhor Jesus:

> **Pois há um só Deus**
> **e um só mediador**
> **entre Deus e os homens:**
> **o homem Cristo Jesus.**
> **(1 Timóteo 2, 5).**

Existe uma palavra — "karma" — muito utilizada em alguns dogmas ou em religiões que diz que, quando somados débitos de reencarnações anteriores, existirá a necessidade de esse mesmo corpo voltar em outro corpo e em outro nível de vida novamente a este mundo físico para saldar os referidos débitos. Mas analise bem o que diz a palavra de Deus em Êxodo 20, 4:

> **Não farás para ti imagens de escultura nem seme-lhança alguma do que há em cima nos céus nem embaixo na terra, nem nas águas debaixo da terra. Não as adorarás nem lhes darás culto por quê: EU SOU O SENHOR teu Deus, Deus zeloso que visito as iniquidades dos pais, nos filhos até a terceira e quarta geração daqueles que me aborrecem e faço misericórdia até mil gerações daqueles que me amam e guardam os meus mandamentos.**

Mediante todas essas informações, você poderá perguntar: por que Deus, sendo justo, pode me cobrar ou exigir um pagamento por algo que eu não fiz?

Na realidade, todos os débitos ou créditos são liberados no sangue ou DNA, e é por esse mesmo atributo de gerações que é transferida pelo DNA toda e qualquer liberação positiva ou negativa. Isso jamais em um corpo novo com o mesmo espírito, mas pela corrente sanguínea. Por isso no início falamos sobre a terra gritando por causa do sangue de Abel.

> **E disse Deus: Que fizeste? A voz do sangue do teu irmão clama a mim desde a terra. (Gênesis 4, 10).**

A palavra de Deus diz também em Deuteronômio 28, 1:

> **Se atentamente ouvires a voz do Senhor, Teu Deus tendo cuidado de guardar todos os seus mandamentos que hoje te ordeno o Senhor, teu Deus, te exaltara sobre todas as nações da terra.**

E os versículos 2 a 14 do referido capítulo citam todas as bênçãos que virão sobre ti e te alcançarão, mas também citam os versículos 15 a 68 quais serão os castigos da desobediência.

Como também a narrativa das escrituras no livro de 2 Reis 5, sobre um personagem chamado Naamã:

> **Portanto a lepra de Naamã se pegara a ti e a sua descendência para sempre. (2 Reis 5, 27).**

Geasi quis adquirir algo de uma forma incorreta e desobediente aos olhos de Deus, quis até mesmo tocar na glória de Deus.

Deus não divide a sua glória com outrem (Isaías 42, 8; 48, 11); sendo assim, pelas leis no mundo espiritual, os pais precisam analisar o que estão conquistando, se são bênçãos ou maldições para seus filhos e para os filhos de seus filhos.

> **Porque Deus não se deixa escarnecer, tudo aquilo que o homem plantar isto também ceifará. (Gálatas 6, 7).**

Nesse conflito todo, poderão vir questionamentos como: mas então como Deus pode permitir que o mal dos meus pais ou o mal dos pais de meus pais possa estar me atingindo?

Pelo que você possui em sua corrente sanguínea, ou seja, por causa do sangue que corre em suas veias.

Quando o princípio do conhecimento do mal foi também pelo fruto adquirido e comido por Adão, ao obter este conhecimento, toda a sua corrente sanguínea também por direitos geracionais do próprio mal, passou neste momento a ter direito de existir.

O que ocorre é que Jesus, quando todo o seu sangue foi derramado na terra, por ser santo e não cometer nenhum nível de pecado ou iniquidade, Ele mesmo se faz pecado para assim condenar n'Ele mesmo todos os níveis de pecados.

> **Àquele que não conheceu pecado, o fez pecado por nós; para que nele fôssemos feitos justiça de Deus. (2 Coríntios 5, 21).**

Vou lhe dizer algo ainda melhor: Deus é totalmente justo; e, sendo Ele em si mesmo justo, como também o gerador da própria justiça, jamais enviaria o seu único Filho para resgatar dívidas inexistentes — é por isso que o sangue que foi derramado pelo Senhor Jesus Cristo resgata todos os tipos de maldições e de pecados, pois:

> **Cristo nos resgatou da maldição da lei, fazendo-se maldição por nós; porque está escrito: Maldito todo aquele que for pendurado no madeiro. (Gálatas 3, 13).**

Deus é consciência e Deus é amor, e, se somos imagem e semelhança de Deus — imagem pela consciência de Deus e semelhantes no amor de Deus —, como poderíamos adquirir débitos dos quais não nos recordamos? Como poderemos pagar algo cujo preço desconhecemos? E, principalmente, algo que não sabemos por que estamos resgatando?

Verdadeiramente, porque a essência pecadora jamais eliminará pecados ou iniquidades, mas acumulará novos débitos, pois água suja não pode limpar o que está sujo.

O que você acha justo: as maldições sendo passadas pelo sangue e tendo um projeto para eliminá-las pelo próprio criador de todos os seres humanos, ou uma criação tentando por si apenas limpar algo que seria impossível realizar? Por isso Deus projetou algo para alinhar a sua eleição humana chamada homem.

> E adoraram-na todos os que habitam sobre a terra, esses cujos nomes não estão escritos no livro da vida do Cordeiro que foi morto desde a fundação do mundo. (Apocalipse 13, 8).

O Cordeiro de Deus que foi morto desde a fundação do mundo? Então era desde o início de tudo, o projeto do próprio criador do homem, jamais uma mentira criada ou supostamente inventada para assim retirar a possibilidade de vida da criatura humana, e assim afastá-la da eternidade de Deus.

Deus, sabendo disso, enviou-nos o seu único Filho para morrer e, por meio do sangue derramado d'Ele no madeiro, purificar-nos. Ainda mais sendo Ele Deus tornando-se homem, que morreu e ressuscitou, e o seu corpo não permaneceu enterrado, mas foi transformado, pois Paulo, em sua Primeira Carta aos Coríntios, diz-nos que teremos também um corpo transformado.

> Eis que vos digo um mistério, nem todos dormirão, mas transformados seremos todos no momento, num abrir e fechar de olhos, ao ressoar da última trombeta, a trombeta soará, os mortos ressuscitarão incorruptíveis e nós seremos transformados. (1 Coríntios 15, 51).

Você sabe qual é o mistério? O mistério é: os que estiverem vivos terão o corpo transformado. Mas há o corpo dos que estão dormindo, que é como o Senhor Jesus vê agora a morte para aqueles que morrem n'Ele, porque o corpo está adormecido no berço na terra, que sabe que aquele corpo possui um dono para ela; e, caso esse corpo tenha a eternidade de Deus, que vem a ser a nova vida, esse corpo não poderá ser tocado ou modificado, por ter os mistérios já marcados de seu dono, seu espírito eterno.

Sendo Ele o portador da chave da morte, os que estiverem dormindo ressuscitarão e terão também o corpo transformado, porque é necessário que esse corpo corruptível se revista da incorruptibilidade e que o corpo mortal se revista da imortalidade, para que dessa forma tragada seja a morte pela vitória.

Você até pode não entender e se perguntar: o que é um corpo transformado?

Um corpo transformado anda na velocidade da luz, ou seja, aparece e desaparece num piscar de olhos, como diz Lucas 24, 31:

> **Então se lhes abrirão os olhos e o reconheceram, mas ele desapareceu da presença deles;**

Outra manifestação de um corpo transformado transpõe qualquer obstáculo, passa por qualquer parede, como diz o versículo 24-37 ao 42 do referido capítulo:

> **Eles, porém, surpresos e atemorizados acreditavam estarem vendo um espírito, mas Jesus lhe mostrou as suas mãos e os seus pés e disse também me apalpai e verificai porque um espírito não tem carne e nem ossos como vedes que eu tenho,**
>
> **E ainda disse mais, tendes aqui alguma coisa para eu comer?**
>
> **Então eles apresentaram-lhe parte de um peixe assado, e um favo de mel. (Lucas 24, 37, 42).**

Assim como Jesus ressuscitou e teve um corpo transformado, as mesmas promessas igualmente têm todos os que nascerem pela forma do novo nascimento em Cristo Jesus. Da semente do homem, vieram homens pecadores, mas agora de Jesus em espírito virão homens a imagem e semelhança do próprio Deus.

> **Eis aqui vos digo um mistério: Na verdade, nem todos dormirão, mas todos nós seremos transformados. (1 Coríntios 15, 51).**

Como dizem as escrituras:

> **Se creres em mim e se a minha palavra estiverdes em vós pedireis o que quiserdes e serás feito. (João 15, 7).**

Deus ainda nos diz algo mais:

> **Portanto não os temais, pois não há nada encoberto que não venha ser revelado e oculto que não venha ser conhecido. (Mateus 10, 26).**

Deus sempre trabalhou e sempre trabalhará com a verdade. O Senhor Jesus Cristo diz: eu sou a verdade, e **o diabo, por sua vez, é homicida e mentiroso, ainda mais o pai da mentira (João 8, 44).**

Vós tendes por pai ao diabo, e quereis satisfazer os desejos de vosso pai. Ele foi homicida desde o princípio, e não se firmou na verdade, porque não há verdade nele. Quando ele profere mentira, fala do que lhe é próprio, porque é mentiroso, e pai da mentira.

João 8:44

Deus deu-lhe consciência para que você possa saber o certo e o errado, o que também se chama livre-arbítrio, poder de escolha, e tudo d'Ele sempre será colocado às claras, nada é oculto, como o diabo faz, quando tenta convencê-lo de algo de que você não tem memórias ou de que possa se lembrar para o impedir de chegar à verdade e tomar posse do que é seu em Cristo Jesus.

*

Vamos analisar agora o Monte da Transfiguração. Muitas bases religiosas utilizam essa parte bíblica para desenvolver uma explicação que não é lógica ou verdadeira, pois a revelação que vem de Deus, o próprio Pai de Nosso Senhor Jesus Cristo, é a seguinte:

Mateus 17, 1 diz-nos que Jesus tomou consigo Pedro, Tiago e João e que subiram ao monte.

Por que o Senhor Jesus Cristo levou consigo somente esses três, e não os demais discípulos? A resposta é esta:

Pedro — As chaves do reino acabaram de lhe ser concedidas (Mateus 16, 19). No versículo de número 18-19:

> **Pois também eu te digo que tu és Pedro, e sobre esta pedra edificarei a minha igreja, e as portas do inferno não prevalecerão contra ela;**
>
> **E eu te darei as chaves do reino dos céus; e tudo o que ligares na terra será ligado nos céus, e tudo o que desligares na terra será desligado nos céus. (Mateus 16, 18-19).**

O próprio Senhor Jesus também lhe deu um novo nome, e disse-lhe que esse novo nome, que significa "pedra pequena", seria Pedro, ou seja, Petrus: sobre essa pedra Ele edificaria a sua Igreja.

Prosseguindo, Pedro, Tiago, tinham bases específicas dos céus para estarem ali, e João, este por sua vez estava ali, pois o próprio Deus o escolheria para grandes revelações futuras. Inclusive a do Apocalipse

POR QUE O SANGUE DE ABEL GRITOU?

Depois de os três se prepararem para orar no monte, houve algo inexplicável, ou seja, o Senhor Jesus começou a orar de uma forma tão profunda que chegou ao coração do próprio Deus, o seu Pai, e a sua vontade de voltar para casa foi algo tão forte naquele momento que se sentiu como se estivesse ao lado do próprio Deus, e isso fez com que Ele se transfigurasse, e ficasse totalmente iluminado (brilhando como o sol ao meio-dia).

Sentiu tanta saudade do Pai que o trouxe para dentro de si, naquele momento, pois o que o Senhor Jesus Cristo possuía dentro de si era algo pertencente ao próprio Deus, uma parte com Ele de seu Espírito. Por esse mesmo motivo naquele momento o sentiu tão forte, pois tornaram-se um em Espírito e em verdade.

Nesse momento, quando a força da unção de Deus encheu o Senhor Jesus, fez com que Deus enviasse ali o espírito de Moisés e o profeta Elias em carne e osso, visto que o profeta Elias ainda não obteve até a data de hoje a morte, ou seja, ele foi arrebatado com corpo, alma e espírito, conforme a palavra de Deus nos diz:

> **E sucedeu que, indo eles andando e falando, eis que um carro de fogo, com cavalos de fogo, os separou um do outro; e Elias subiu ao céu num redemoinho. (2 Reis 2, 11).**

Anteriormente, isso também ocorreu com o homem que andou com Deus chamado Enoque, arrebatado da mesma forma, em corpo, alma e espírito, como nos diz Gênesis 5, 24:

> **E andou Enoque com Deus; e não apareceu mais, porquanto Deus para si o tomou. (Gênesis 5, 24).**

Outro ponto importante que a palavra de Deus nos diz está em Judas, versículo 14 e 15:

> **E destes profetizou também Enoque, o sétimo depois de Adão, dizendo: Eis que é vindo o Senhor com milhares de seus santos;**
>
> **Para fazer juízo contra todos e condenar dentre eles todos os ímpios, por todas as suas obras de impiedade, que impiamente cometeram, e por todas as duras palavras que ímpios pecadores disseram contra ele. (Judas 1, 14-15).**

Relatando o julgamento do próprio Deus, o que também nos confirma, como segue:

> E, quando acabarem o seu testemunho, a besta que sobe do abismo lhes fará guerra, e os vencerá, e os matará. (Apocalipse 11, 7).

O que nos diz que não somente o profeta Elias como Enoque voltarão para obter a morte física, que ainda não obtiveram.

Isso colocado, agora vai nos revelar o porquê de Deus escolher Pedro (o primeiro), Tiago (o segundo) e João (o terceiro), Elias (o quarto) e Moisés (o quinto elemento) para uma reunião espiritual com o Pai:

> E, estando ele ainda a falar, eis que uma nuvem luminosa os cobriu. E da nuvem saiu uma voz que dizia: Este é o meu amado Filho, em quem me comprazo; escutai-o. (Mateus 17, 5).

Então analisem: o Pai presente, o Filho (Jesus Cristo) presente, os três discípulos presentes, ou seja, a sequência do ministério do Senhor Jesus Cristo na terra, Elias (representando o manto profético, os profetas), e Moisés (representando a lei), essa reunião era necessária, para a sequência de tudo.

O próprio Deus confirma também no livro de Judas, capítulo único, versículo de número 9:

> Mas o Arcanjo Miguel, quando contendia com o diabo, e disputava a respeito do corpo de Moisés, não ousou pronunciar juízo de maldição contra ele; mas disse: O Senhor te repreenda. (Judas 1, 9).

Isso é impressionante, pois mostra-nos que o corpo de Moisés estava sendo competido pelo diabo. Mas, como é narrada no monte da transfiguração, a palavra revela-nos que ele em espírito, como a bíblia coloca, Moisés em espírito fala com o Senhor Jesus Cristo, e isso nos prova que o Senhor Deus repreendeu o diabo e o venceu, retirando de suas mãos o corpo de Moisés, e libertando da prisão da morte o seu espírito, para que isso pudesse ocorrer.

Nessa reunião foi necessária a presença de Moisés, pois este entendia muito bem de viagens, e o que nos relata a Bíblia é que o Senhor Jesus Cristo brevemente passaria por uma longa e rápida

POR QUE O SANGUE DE ABEL GRITOU?

viagem (longa, pela distância entre a terra e o céu, curta; ou seja, rápida, pois ele teria apenas três dias, entre a morte e a ressurreição, para passar pelo céu, e pelo inferno). Por que pelo céu e pelo inferno?

Pelo céu: primeiramente, é quando o Senhor Jesus Cristo disse ao Pai:

> **E Jesus, clamando outra vez com grande voz, rendeu o espírito. (Mateus 27, 50).**

Ele entrega o seu Espírito ao Pai, e unem-se em um único Espírito naquele momento, em ocorre um grande terremoto:

> **E eis que o véu do templo se rasgou em dois, de alto a baixo; e tremeu a terra, e fenderam-se as pedras;**
> **E abriram-se os sepulcros, e muitos corpos de santos que dormiam foram ressuscitados;**
> **E, saindo dos sepulcros, depois da ressurreição dele, entraram na cidade santa, e apareceram a muitos. (Mateus 27, 51-53).**

Isso nos relatando que os sepulcros se abriram e os corpos de muitos santos que tinham morrido foram ressuscitados.

> **E, saindo dos sepulcros, depois da ressurreição dele, entraram na cidade santa, e apareceram a muitos. (Mateus 27, 53).**

A seguir, com todos os santos já ressuscitados, foram juntos para os céus, fazer algo que o próprio Deus relatou em visão ao seu ungido, o homem segundo o seu coração, o salmista Davi, no seu salmo de número 24, que nos diz assim, na citação de número 7:

> **Abram-se, o portais; abram-se o portas antigas (Portais eternos), para que o Rei da Glória entre. Quem é o Rei da Glória? O Senhor forte e valente, o Senhor valente nas guerras.**

Quem é esse Rei da Glória? O Senhor dos exércitos, ele é o Rei da Glória!

Por que as portas do céu precisavam ser abertas? E por que perguntaram quem era o Rei que estava chegando?

Essa revelação traz as respostas em detrimento de que os anjos que estavam cuidando dos portais imediatamente não reconheceram o Senhor Jesus, mas o Pai ordenou que fossem abertas as portas, para que o Soberano Rei da Glória (Jesus Cristo) pudesse entrar.

Isso porque Ele estava com todos os grandes mártires e Santos do Senhor. Talvez por esse motivo não tenha sido imediatamente reconhecido. Mas o próprio Deus mostrou a todos os seus Ministros que o seu Filho estava chegando para retirar a sua coroa de Glória, e o seu cetro de poder, descer ao Hades, ou seja, ao próprio inferno, para vencer o diabo, a antiga serpente, também chamada Satanás, para assim retirar das mãos dele as chaves do inferno (das nossas prisões) e da morte, ou seja, do pecado e da iniquidade física e também espiritual.

> E o que vivo e fui morto, mas eis aqui estou vivo para todo o sempre. Amém. E tenho as chaves da morte e do inferno. (Apocalipse 1, 18).

Isso nos mostra que a presença de Moisés naquele momento era muito necessária, pois ele entendia muito bem de viagens: foi escolhido pelo próprio Deus para ser o líder espiritual de Israel, para conduzir Israel à terra prometida.

Moisés também estava ali, porque ele deixaria o velho para o Senhor Jesus Cristo trazer o novo, como diz:

> Então disse: Eis aqui venho, para fazer, ó Deus, a tua vontade. Tira o primeiro, para estabelecer o segundo. (Hebreus 10, 9).

Jesus iria ser o portador da graça, e reformular a antiga lei que até então era a base do povo Judeu escrita pelo dedo de Deus e concedida para Moises o libertador do povo Israel, por isso a presença dele ali.

> Ora, a lei não é da fé; mas o homem, que fizer estas coisas, por elas viverá.
>
> Cristo nos resgatou da maldição da lei, fazendo-se maldição por nós; porque está escrito: Maldito todo aquele que for pendurado no madeiro;
>
> Para que a bênção de Abraão chegasse aos gentios por Jesus Cristo, e para que pela fé nós recebamos a promessa do Espírito.

POR QUE O SANGUE DE ABEL GRITOU?

> Irmãos, como homem falo; se a aliança de um homem for confirmada, ninguém a anula nem a acrescenta.
>
> Ora, as promessas foram feitas a Abraão e à sua descendência. Não diz: E às descendências, como falando de muitas, mas como de uma só: E à tua descendência, que é Cristo. (Gálatas 3, 12-16).

Abraão tinha um pacto com Deus, mas, pela aliança com o Egito e com a escrava Agar, ele colocou todas as suas gerações futuras no Egito à mercê da escravidão, e por isso Deus levantou seu Filho, para resgatar a humanidade da lei do pecado e da morte, cumprindo-a e resgatando a humanidade de tudo quanto ela poderia trazer.

E o que dizer de Elias? Este, por sua vez, entregaria ao amado Mestre o manto profético:

> Também levantou a capa de Elias, que dele caíra; e, voltando-se, parou à margem do Jordão.
>
> E tomou a capa de Elias, que dele caíra, e feriu as águas, e disse: Onde está o Senhor Deus de Elias? Quando feriu as águas elas se dividiram de um ao outro lado; e Eliseu passou. (2 Reis 2, 13-14).

Foi esse mesmo manto, essa unção de profetas, passando por todos os profetas, que chegou a Malaquias:

> Eis que eu vos enviarei o profeta Elias, antes que venha o grande e terrível dia do Senhor;
>
> E ele converterá o coração dos pais aos filhos, e o coração dos filhos a seus pais; para que eu não venha, e fira a terra com maldição. (Malaquias 4, 5-6).

Tudo bem colocado. O Senhor tinha que reaver, agora por meio de Elias, a sua promessa, colocando isso nas mãos do seu Filho, para que Jesus pudesse transferir isso aos seus discípulos, visto que Ele não permaneceria nesta terra, mas sim os seus seguidores e discípulos.

Isso nos relata também que, nesse monte da transfiguração com a presença de Elias e de Moisés, Deus pode fazer como ele quer e da maneira como quiser; o que ocorre é que o seu adversário, chamado Satanás, que conhece alguns dos mistérios no mundo espiritual, queira utilizar-se disso para benefício próprio.

Mas Deus mostra-nos que o Senhor Jesus pede para os discípulos sigilo, até o dia em que o Filho do homem venha a padecer.

> E, erguendo eles os olhos, ninguém viram senão unicamente a Jesus.
>
> E, descendo-os do monte, Jesus lhes ordenou, dizendo: A ninguém conteis a visão, até que o Filho do homem seja ressuscitado dentre os mortos. (Mateus 17, 8-9).

Duas perguntas que todos fazem. A primeira é: por que Jesus compara Elias a João? A segunda: por que diz que Elias veio e não o reconheceram e depois diz ser João Batista?

> E Jesus, respondendo, disse-lhes: Em verdade Elias virá primeiro, e restaurará todas as coisas;
>
> Mas digo-vos que Elias já veio, e não o conheceram, mas fizeram-lhe tudo o que quiseram. Assim farão eles também padecer o Filho do homem.
>
> Então entenderam os discípulos que lhes falara de João o Batista. (Mateus 17, 10-13).

O Senhor Jesus estava falando de tudo que Elias primeiramente passou nas mãos de Jezabel, e de que o próprio João Batista também sofreu nas mãos de Herodias, por falar a verdade.

Quando Jezabel fica sabendo que o profeta Elias destrói os profetas de Baal que a ela servem, ela diz que fará o mesmo com ele, e começa a persegui-lo e ameaçá-lo.

> Por isso Jezabel mandou um mensageiro a Elias para dizer-lhe: Que os deuses me castiguem com todo rigor, se amanhã nesta hora eu não fizer com a sua vida o que você fez com a deles. (1 Reis 19, 2).

A mesma coisa ocorre com João Batista, que veio à terra para preparar os caminhos, para o seu amado Mestre, o Senhor Jesus Cristo, e fizeram com ele a mesma coisa que fizeram com o profeta Elias, ou seja, a perseguição espiritual, pela verdade de suas palavras. Ele, de forma terrível, foi ameaçado, até o dia em que Herodias conseguiu a sua sentença de morte.

> E, entrando logo, apressadamente, pediu ao rei, dizendo: Quero que imediatamente me dês num prato a cabeça de João o Batista.

POR QUE O SANGUE DE ABEL GRITOU?

> E o rei entristeceu-se muito; todavia, por causa do juramento e dos que estavam com ele à mesa, não lhe quis negar.
>
> E, enviando logo o rei o executor, mandou que lhe trouxessem ali a cabeça de João. E ele foi, e degolou-o na prisão. (Marcos 6, 25-27).

Quando a Bíblia nos relata que Elias é que deveria voltar, não é o Espírito encarnado ou reencarnado de um homem físico, mas sim a unção profética, a sucessão, a continuação do que se iniciara. Mas não podemos jamais nos esquecer de que o poder do engano é proposital, pelo próprio gerador do pecado e da mentira, pois nele, como o pai da mentira, o engano faz parte exatamente do que quer sempre envolver a vida humana e todos os territórios, em todo o tempo que puder fazê-lo.

Mas, na sequência, um detalhe chama atenção: a atitude do Senhor Jesus ali em relação a João Batista, que também faz parte de sua família terrena.

O próprio Senhor Jesus dá testemunho de João Batista, e Lucas relata o seguinte:

> Este é aquele de quem está escrito: Eis que envio o meu anjo diante da tua face, O qual preparará diante de ti o teu caminho.
>
> E eu vos digo que, entre os nascidos de mulheres, não há maior profeta do que João o Batista; mas o menor no reino de Deus é maior do que ele. (Lucas 7, 27-28).

O profeta Malaquias diz que enviaria o profeta Elias antes do dia grande e terrível do Senhor, antes que o Senhor Jesus Cristo padecesse nas mãos dos homens; Jesus Cristo, o filho de Deus, o Salvador que viria para destruir as obras do diabo.

> Eis que eu vos enviarei o profeta Elias, antes que venha o grande e terrível dia do Senhor;
>
> E ele converterá o coração dos pais aos filhos, e o coração dos filhos a seus pais; para que eu não venha, e fira a terra com maldição. (Malaquias 4, 5-6).

Para Ele mesmo, o Deus homem, haveria um manto profético preparando o seu caminho, ou seja, o próprio João iniciaria o seu caminho, e pagaria o preço do seu ministério, como ocorreu. Por isso o profeta Elias estava ali no monte da transfiguração, para exatamente passar isso ao Senhor Jesus, ser Ministro não da letra que mata, mas da graça que vivifica, como Paulo apóstolo nos deixou relatado:

> **O qual nos fez também capazes de ser ministros de um novo testamento, não da letra, mas do espírito; porque a letra mata e o espírito vivifica. (2 Coríntios 3, 6).**

Moisés nós já sabemos por que estava ali, para passar as tábuas da Lei, e Jesus transformá-las em graça. Exatamente porque somente Jesus cumpriu toda a lei, nenhum outro homem nascido de mulher pode assim cumpri-la. Jesus somente pôde cumpri-la, por ser Ele o Deus Filho e por ter sido também quem a liberou.

Por outro lado, Elias veio para trazer o manto profético, visto que Deus já havia recolhido o espírito de João Batista. E, em falar de espírito, já que tantos dizem que Elias é reencarnação de João Batista, o próprio João Batista já havia falecido no momento dessa reunião: por que então não veio ele em espírito como veio o espírito de Moisés, e sim Elias em corpo, alma e espírito, como verdadeiramente ainda o profeta Elias se encontra?

Pois é... se fosse uma reencarnação, teria sim que vir em espírito João Batista, para se apresentar nesse monte, e não Elias.

Outro detalhe importante: a Bíblia diz que o manto profético com porção dobrada foi concedido a Eliseu por Elias, e não por João Batista, portanto um não tem nada a ver com o outro, a não ser pela unção, que não pertence nem a Elias nem, muito menos, a João Batista, mas sim pertence ao próprio Deus, que realizou essa reunião com o Seu Amado Filho e disse: *Ouçam o que meu filho diz a vocês.*

Então você ainda poderá se perguntar: mas o dizer de Tiago? O que ele estava fazendo ali? A Bíblia relata-nos o seguinte:

> **E matou à espada Tiago, irmão de João. (Atos 12, 2).**

Herodes matou a espada Tiago, mas por que este morreu, visto que estava na reunião que estabeleceria os sucessores dos ministérios do Senhor Jesus na terra? É simples. Análise: Pedro

POR QUE O SANGUE DE ABEL GRITOU?

seria o início, as chaves do reino estariam em suas mãos; Tiago, como João Batista, preparou os caminhos para o Senhor Jesus Cristo; ele estava ali para preparar os caminhos, e depois pagar o preço para quem assumiria verdadeiramente o seu lugar.

A sua sequência seria Saulo de Tarso, que recebeu um novo nome, ou seja, uma nova condição: apóstolo Paulo de Tarso.

Por que Paulo, e não Tiago? Deus, Ele precisa fazer com que nossos ministérios sejam bênçãos, e cada um possui o seu, e não maldições ou um fardo pesado, pois, para Tiago, seria difícil tanto quanto para Pedro evangelizar o mundo, mas, para Paulo, que era capacitado profissionalmente e era um poliglota, isso já seria o que era o sonho que nascera no coração de Deus, a Sua vontade real.

Entendemos da parte de Deus o que o Senhor Jesus falava com Moisés e com Elias; já sabemos o porquê da reunião com Pedro, Tiago; e agora vamos analisar o porquê de João.

Moisés está no início da Bíblia, ou seja, ele mesmo escreveu os cinco primeiros capítulos da Bíblia, e João foi escolhido por Deus para finalizar a Bíblia Sagrada, com as revelações do próprio Deus para o seu amado Filho, Nosso Senhor Jesus Cristo, o qual passaria para o seu querido discípulo João, na ilha de Patmos, a Revelação do tempo do fim, que seria o livro de Apocalipse.

João, um ministério de restauração, de amor, de compreensão: é assim que ele mesmo se apresenta no fim de seu ministério, chamando-nos de "filhinhos", com ternura, a mesma, talvez, que ele também possuía quando recostava a cabeça no peito do seu amado mestre e Senhor Jesus Cristo, e esse mesmo João estava ali para saber como, com tanto amor, poderia suportar o seu fim.

> **E, estando ele ainda a falar, eis que uma nuvem luminosa os cobriu. E da nuvem saiu uma voz que dizia: Este é o meu amado Filho, em quem me comprazo. (Mateus 17, 5).**

Antes de falar, era necessário ouvir. E, quando isso ocorre, Pedro começa a entender que em tudo primeiramente é necessária a Glória de Deus. Quando ele olha e ouve como também vê o próprio Deus sobre a nuvem de Glória, e vê o Senhor Jesus, também iluminado, cai sobre o seu rosto como os demais, Tiago e João também (vers. 6), mostrando-nos assim que para tudo, antes de falarmos, é necessário ouvir; antes de criarmos, é necessário aprender.

Quando Jesus pede para nada ser dito:

> **E, descendo-os do monte, Jesus lhes ordenou, dizendo: A ninguém conteis a visão, até que o Filho do homem seja ressuscitado dentre os mortos. (Mateus 17, 9).**

Para que, em primeiro lugar, todos pudessem ver o filho do homem, o Senhor Jesus Cristo, vencer a morte e o inferno, vencer o diabo, e todas as provas, para assim saber que aquela reunião naquele monte e naquele momento não seria em vão, mas entenderiam o porquê de tudo aquilo.

Muitos dizem que, quando Saul foi consultar uma pitonisa, ou uma necromante (1 Samuel 28), foi um espírito mentiroso, um enganador que se apresentou, e não o profeta Samuel. Mas, se não era o profeta Samuel, por que a Bíblia deixa isso claro, que realmente era ele?

Quero expor aqui, com muito cuidado e temor, o que a própria Palavra, que é a Bíblia sagrada, nos diz. Em 1 Samuel 28, ela relata um diálogo entre um espírito chamado Samuel e o rei Saul. Daí entendemos que a palavra do próprio Deus a seu povo ainda no deserto por suas leis foi proibido de ser realizado.

> **Entre ti não se achará quem faça passar pelo fogo a seu filho ou a sua filha, nem adivinhador, nem prognosticador, nem agoureiro, nem feiticeiro;**
>
> **Nem encantador, nem quem consulte a um espírito adivinhador, nem mágico, nem quem consulte os mortos;**
>
> **Pois todo aquele que faz tal coisa é abominação ao Senhor; e por estas abominações o Senhor teu Deus os lança fora de diante de ti.**
>
> **Perfeito serás, como o Senhor teu Deus.**
>
> **(Deuteronômio 18, 10-13).**

Quando Deus proíbe algo, Ele não diz que isso será atendido prontamente, mas que com todas as escolhas também haverá consequências. O que é relatado é um diálogo; não poderemos afirmar que seja ou que não seja o espírito de Samuel e o rei Saul.

POR QUE O SANGUE DE ABEL GRITOU?

Por que digo isso? Exatamente a palavra irá dizer em Mateus 27:

> E eis que o véu do templo se rasgou em dois, de alto a baixo; e tremeu a terra, e fenderam-se as pedras;
>
> E abriram-se os sepulcros, e muitos corpos de santos que dormiam foram ressuscitados;
>
> E, saindo dos sepulcros, depois da ressurreição dele, entraram na cidade santa, e apareceram a muitos.
>
> E o centurião e os que com ele guardavam a Jesus, vendo o terremoto, e as coisas que haviam sucedido, tiveram grande temor, e disseram: Verdadeiramente este era o Filho de Deus. (Mateus 27, 51-54).

Tudo isso estou colocando para aqui narrar o potencial do engano em tentar usar hoje algo que o próprio Senhor Jesus já separou, o antes e o depois, o primeiro e o segundo plano.

> Então disse: Eis aqui venho, para fazer, ó Deus, a tua vontade. Tira o primeiro, para estabelecer o segundo.
>
> Na qual vontade temos sido santificados pela oblação do corpo de Jesus Cristo, feita uma vez. (Hebreus 10, 9-10).

Na lei que o próprio Deus designou ao seu povo, Israel, no deserto e que se estendeu na terra prometida e entregue, a Lei Mosaica, Deus designou essas mesmas leis para os hebreus, os judeus, Israel, e não para os gentios. Israel recebeu-as para reconhecer a Deus, quem Ele realmente era, e quem eram eles; homens limitados e falíveis, como também dependentes de Deus.

Mas Israel não conseguiu cumprir a lei, e foi necessário o plano perfeito do próprio Deus ser estabelecido para assim a terra não vivenciar mais terríveis danos e perdas, em todos os aspectos.

Outro ponto que quero também expor e que muitas vezes não tem sido bem compreendido: o profeta Eliseu morre, e depois alguns soldados jogam em seu túmulo alguém que acabou de morrer, mas este, ao encostar-se nos ossos do profeta Eliseu morto, ressuscita:

> E sucedeu que, enterrando eles um homem, eis que viram uma tropa, e lançaram o homem na sepultura de Eliseu; e, caindo nela o homem, e tocando os ossos de Eliseu, reviveu, e se levantou sobre os seus pés. (2 Reis 13, 21).

Isso nos alerta que o profeta leva a unção de Deus, portanto fará o que o próprio Deus ordenar, e não o que Satanás ordenar.

Depois que Jesus Cristo entrega o seu espírito a Deus, ocorre um grande terremoto, os sepulcros abrem-se, e corpos de santos ressuscitam.

Com certeza, o profeta Samuel é um deles, que também estava aprisionado pela morte, e agora nesse momento da ressurreição é liberto.

Se o profeta Samuel, veio até Saul, e falou a verdade a ele, isto mostra que era ele mesmo, e não um enganador, que falaria mentiras, caso fosse de outra forma com certeza estaria escrito nas narrativas deste capítulo.

Por isso Saul morreu. Por consultar uma necromante, ou seja, alguém que fala e traz espíritos de mortos.

E dizer o quê? Que o espírito de Moisés agora aqui também é um espírito enganador (visto que estão presentes o Senhor Jesus Cristo e seu Pai, o próprio Deus)? Como enganar o próprio Deus?

Enquanto a morte não estava vencida pelo Senhor Jesus, ela dominava a todos, por isso o Senhor Jesus Cristo veio para salvar todas as almas, do passado, que são os profetas e seus mártires, como os santos de Deus, como as depois de Cristo, que foram nascendo e morrendo nele. Todos somos salvos em Cristo Jesus.

> **Mas digo-vos que Elias já veio, e não o conheceram, mas fizeram-lhe tudo o que quiseram. Assim farão eles também padecer o Filho do homem.**
>
> **Então entenderam os discípulos que lhes falara de João o Batista. (Mateus 17, 12-13).**

Esse João Batista era o Elias que a Bíblia narra: este que viria para realizar as tarefas necessárias, preparando assim os caminhos para os novos ministérios, agora não mais pelas Leis Mosaicas, não mais pela letra ou pelas profecias dos profetas, mas na unção profética pelo ministério apostólico, ou seja, dos apóstolos.

João Batista não foi reconhecido como Elias, pois, quando Deus faz novas todas as coisas, não precisa repetir o que foi feito em primeiro lugar, por isso não entenderam imediatamente o que

POR QUE O SANGUE DE ABEL GRITOU?

havia ocorrido, mas o próprio Senhor Jesus disse: *o que fizeram a João Batista farão também ao Filho do homem*, ou seja, a Ele mesmo.

> **E mandou degolar João no cárcere.**
>
> **E a sua cabeça foi trazida num prato, e dada à jovem, e ela a levou a sua mãe.**
>
> **E chegaram os seus discípulos, e levaram o corpo, e o sepultaram; e foram anunciá-lo a Jesus.**
>
> **E Jesus, ouvindo isto, retirou-se dali num barco, para um lugar deserto, apartado; e, sabendo-o o povo, seguiu-o a pé desde as cidades. (Mateus 14, 10-13).**

João já estava morto, no momento do monte da transfiguração. Outra coisa bastante importante também: além de ele estar morto, tinha uma aparência enquanto estava vivo, e isso não se modificaria da noite para o dia, como um passe de mágica; e o Senhor de todos os Senhores, que é Jesus Cristo, como também o próprio Deus, seu Pai, o qual o criou, e sabe com perfeição como o fez, também conheciam a aparência de João Batista, da mesma forma que a do profeta Elias — isso nos prova que, se fosse a João, e não Elias, no monte, com certeza, seria dito e apresentando aos discípulos o espírito de Moisés e de João Batista também já em espírito, e não o profeta Elias.

Isso é colocado porque, com certeza, falta um entendimento bíblico profundo, pois as escrituras não deixam sombra de dúvida em relação a isso, pois era o momento único para a humanidade ver encerrada a força de todas as religiões, para ser criado não mais um jugo de escravidão, mas sim uma libertação de tudo o que aprisionava os homens até o momento: para isso essa reunião, para se consolidar o novo e encerrar o velho.

A religião continua usando artifícios que querem passar por perfeitos, e dogmas religiosos para enganar o que estão sendo levantados pelo próprio Deus. Deus não o permitirá, pois Ele tem o controle absoluto de tudo e de todas as coisas.

> **Tendo por certo isto mesmo, que aquele que em vós começou a boa obra a aperfeiçoará até ao dia de Jesus Cristo. (Filipenses 1, 6).**

Jesus Cristo, o filho de Deus, iria padecer em seguida, por amor e obediência ao Pai (Nosso Deus), por quê? Para que as religiões (forma de religar o homem a Deus) fossem agora reformuladas, e este não é mais uma religião, mas a forma única de salvação, como a palavra de Deus nos diz:

> Disse-lhe Jesus: Eu sou o caminho, e a verdade e a vida; ninguém vem ao Pai, senão por mim. (João 14, 6).

O Senhor Jesus foi um líder que se preocupou, que se preocupa e que sempre se preocupará em sempre estar presente em tudo, fazendo com que nós, que queremos voltar a ser novas criaturas em espírito, filhos de Deus e ter novamente o nosso espírito vivificado pela vida, possamos n'Ele ter essa oportunidade.

Pois, no momento em que o pecado se consolidou por meio da desobediência do primeiro homem, o pecado transformou este que era alma vivente em corpo frágil e limitado; nesse momento o Senhor Jesus resolve obedecer ao Pai (nosso Deus Criador) e fazer o grande sacrifício; Ele nos mostra que agora a nossa oportunidade de sermos novamente filhos e espíritos vivificantes em Cristo Jesus, e termos o poder da sabedoria em funcionamento, estará disponível a quem realmente quiser.

E este líder, chamado Jesus, que morreu e ressuscitou pelos seus adeptos, ainda os chama de irmãos, por quê? Porque agora por ele e nele, somos também transformados em espíritos vivos de glória em glória, e nascidos assim nele e feitos filhos de Deus.

> Já estou crucificado com Cristo; e vivo, não mais eu, mas Cristo vive em mim; e a vida que agora vivo na carne, vivo a na fé do filho de Deus, o qual me amou e se entregou a si mesmo por mim. (Gálatas 2, 20).

A palavra de Deus diz-nos:

> O ladrão não vem senão a roubar, a matar, e a destruir; eu vim para que tenham vida, e a tenham com abundância. (João 10, 10).

Em Cristo poderemos ter vida abundante, e esta não requer que necessitemos de notas promissórias em tudo, mas que por Ele sejamos libertos de todo o pecado e do jugo da escravidão.

> Porque não recebestes o espírito de escravidão, para outra vez estardes em temor, mas recebestes

POR QUE O SANGUE DE ABEL GRITOU?

> o Espírito de adoção de filhos, pelo qual clama-
> mos: Aba, Pai.
>
> O mesmo Espírito testifica com o nosso espírito que
> somos filhos de Deus. (Romanos 8, 15-16).

O Espírito que habita em nós, ao obtermos o novo nascimento, é o mesmo Espírito de vida que liberou a vida, sobretudo
no início, e foi por Adão perdida, mas em Cristo Jesus existe a
restituição.

> Estai, pois, firmes na liberdade com que Cristo nos
> libertou, e não torneis a colocar-vos debaixo do jugo
> da servidão. (Gálatas 5, 1).

Que forma linda e incisiva de Cristo Jesus, e isso realmente
é o mais impressionante: o Senhor Jesus, além de todas as coisas,
ainda nos diz que n'Ele somos livres de tudo, em tudo e por tudo.

Também criou algo que é único, não uma cópia segundo
ele, como muito menos algo que não seja completo com o Pai,
desde o princípio da bíblia até ao fim. Não segundo a versão de
um homem, por mais importante, sábio ou influente, que possa
ser único, pois tudo que fez, foi somente para ser apresentado, e
permanecer até hoje fazendo

Um líder vivo, e presente, que venceu a morte, venceu o
pecado, a iniquidade, as limitações, e por esse líder podemos
ter a salvação. Não é um líder que joga essa incumbência para
nós mesmos, ou seja, os seres que o servem e o seguem, mas é
responsável, e dá o seu aval.

Para um líder ser líder, em primeiro lugar, tem de ser o primeiro, ser único, não ser cópia, não jogar responsabilidades para
os adeptos, estar presente em tudo, ser responsável por tudo, ir
até o fim.

É isso o que no monte da transfiguração o Senhor Jesus Cristo
estava criando, a unidade da fé no Pai, para n'Ele termos também.

Deus ainda diz (Daniel 2-22):

> Ele revela o profundo e o escondido, conhece o que
> está em trevas e com ele mora a luz.
>
> Como também, nenhuma condenação há agora para
> aquele que está em Cristo Jesus. (Romanos 8, 1).

Onde está o *karma*? Onde está o débito? Quem é que pode mais, você reencarnando ou nascendo de novo em Cristo Jesus? Como dizem as escrituras, em João 3, 5:

> **Jesus respondeu: Na verdade, na verdade te digo que aquele que não nascer da água e do espírito não pode entrar no reino de Deus.**

Não tema, nem se espante, Ele lhe diz que o crente mais fraco e mais limitado que existe na face da terra é mais poderoso do que um chefe de legiões infernais e demoníacas, pois, como está escrito em Lucas 10, 19:

> **Eis que vos dei autoridade e poder, para pisardes em serpentes e escorpiões e sobre todo o poder do mal.**

Você tem autoridade, você tem o poder, não precisa da ajuda de um mentor ou intercessor; e, se você precisar de um intercessor junto a Deus, o nome dele é JESUS CRISTO, este sim é digno, pois este sim pagou o preço por você.

Como também diz a palavra em 1 Timóteo 2, 5:

> **Porque há um só Deus e um só mediador entre Deus e os homens, Jesus Cristo homem.**

Uma coisa pergunto-me: será que as pessoas jamais param para pensar no que realmente ocorreu quando o Senhor Jesus Cristo estava sendo açoitado, ou mesmo quando a coroa de espinhos transpassava a sua cabeça, perfurando-a e fazendo-a sangrar, ou mesmo no momento da crucificação, quando os pregos furaram suas mãos e seus pés, e até mesmo quando aquela lança perfurou um dos lados de Jesus, jorrando d'Ele sangue e água?

Será mesmo que nunca pararam para analisar que o sangue que estava sendo derramado, antes de o Senhor Jesus Cristo ser enterrado, aquele mesmo sangue que o seu corpo estava perdendo, cada gota, estava sendo utilizado pelo poder do fogo que o Pai nos concedeu chamado SOL?

O que você está querendo dizer com isso? Simples, quando está muito quente, você estende em seus varais roupas molhadas e não as recolhe secas?

Pois é, o mesmo também ocorreu com o sangue de Jesus. Ele ficou nesta terra para, toda vez que um daqueles para quem esse sacrifício tão grande fora concretizado reconhecesse isso, e clamasse pelo sangue, por meio do ar que respiramos, por meio de nossas células, esse poder pudesse nos envolver.

Assim também ocorre quando a chuva volta para a terra, purificando-a; quando está muito quente e os rios já começam a baixar de nível; as nuvens carregadas abençoam-nos com a água que foi evaporada.

Assim, amados, é o poder daquele sangue que também foi evaporado, e não retirado da terra, mas está no AR, na ÁGUA, na TERRA e no FOGO (SOL), que faz o processo da evaporação.

Se todos que falam, até mesmo sem pensar, há poder no sangue de Jesus, que foi vertido por toda uma humanidade, soubessem que este sangue, anda por toda a terra, e todo o tempo, e faz como as nuvens, o processo de purificação dela, iriam temer a Deus, um pouco mais.

1 Tessalonicenses 5, 17 nos diz **"Orai sem cessar"**. O que fazemos sem cessar na terra? Não é respirar? Pois é, então comece a entender o mistério do poder do sangue de JESUS CRISTO — ele está no ar —, recebam esse sangue como as águas da chuva, se quiserem sem parar, para, como a chuva purifica a terra, este sangue possa o purificar.

Outro ponto a ser lembrado: o de AGAR, quando seu filho chorou naquele deserto, e as lágrimas daquela criança molharam aquela terra seca. Deus também concluiu um milagre: fez jorrar uma fonte no deserto; abrindo Deus os seus olhos, ela pôde ver um poço, ali diante dela.

> **Vendo está o mesmo, dirigiu se a ele, encheu de água o odre e deu de beber ao rapaz. Deus estava com o rapaz, que cresceu e habitou no deserto e se tornou flecheiro (Gênesis 21, 20-21).**

Podemos entender que o poço estava ali, mas, quando as lágrimas se uniram à terra, houve um choque de dois selos, ou seja, dois mistérios de Deus, em ação, o que provocou o milagre da presença viva de Deus trazendo sobre a própria Agar o impacto da transformação de Perdão.

Vejamos, quando Deus se apresenta diante de Agar, a mesma que anteriormente depositou seu filho para morte, agora ao ouvir a voz do Deus de Abraão entende que a mágoa de Sara e consequentemente de Abraão, não poderia ser mais forte do que receber o poder das fontes da vida e vencer assim o poder de morte sobre ela.

> **Eu sou a videira verdadeira, e meu Pai é o lavrador.**
>
> **Toda a vara em mim, que não dá fruto, a tira; e limpa toda aquela que dá fruto, para que dê mais fruto. (João 15 1-2).**

Olhe para cada parreira e suas vides, principalmente as tonalidades de seus frutos, as uvas, umas verdes, outras rubi, outras roxas, algumas pequenas, outras maiores, algumas gigantes, como os cachos de uvas que os espias conheceram na terra prometida. Duas pessoas eram necessárias para carregar um cacho — mas você sabe de outra coisa interessante? O incrível é que as uvas de tonalidades verdes são mais doces e produzem um vinho de excelente qualidade, licoroso e muito mais saboroso do que o tradicional vinho tinto; às vezes você olha para uma pessoa e a considera imatura, incapacitada, mas, quando ela se coloca a produzir, você se impressiona com o seu potencial e seu talento, com sua capacidade de ver a vida e fazê-la diferente dos demais.

> **Deus é assim, faz das coisas fracas do mundo, os fortes, escolhe as coisas loucas, para envergonhar as sábias, também escolhe as coisas humildes e desprezadas, e aquelas que não são, para reduzir a nada as que são, a fim de que ninguém se vanglorie na presença de Deus. (1 Coríntios 1, 27-29).**

Querem entender os mistérios? Olhem a receita — assim diz o Senhor:

> **Não se glorie o sábio na sua sabedoria, nem o forte na sua força, nem o rico nas suas riquezas, mas o que se gloriar, glorie se nisto, em me conhecer e saber que EU SOU O SENHOR, e faço misericórdia, juízo e justiça na terra, porque destas coisas me agrado diz o SENHOR. (Jeremias 9, 23-24).**

O CORDÃO UMBILICAL DE JESUS CARREGOU "SANGUE E ÁGUA"

> Tudo o que o Pai me dá virá a mim; e o que vem a mim de maneira nenhuma o lançarei fora! (João 6, 37).

Oh, que coisa gloriosa é pensar em um cordão umbilical! Geralmente nós podemos vê-lo na hora do nascimento de um bebê! Imagine então o momento do nascimento de Nosso Senhor e Salvador Jesus Cristo! Nesse momento em que Maria, sua mãe, e Jesus estavam unidos por um cordão umbilical.

Nesse cordão Maria transferia a seu amado filho todos os nutrientes que Ele necessitava para a vida de sua carne!

A vida de um ser que tinha um Pai nos céus e uma mãe na terra! Somente Jesus era 100% Deus, Filho de Deus, que mora nos céus e o estava envolvendo com os nutrientes celestiais por meio do seu Espírito, e de uma mãe da terra; que em seu corpo 100% homem dependia de uma mulher para a sua sobrevivência!

Por que o cordão umbilical de Jesus carregou sangue e água? Por uma simples questão: Deus pairou sobre as águas no início de tudo, e transferiu sobre ela o poder da vida, a vida 100% de Deus.

> E a terra era sem forma e vazia; e havia trevas sobre a face do abismo; e o Espírito de Deus se movia sobre a face das águas. (Gênesis 1, 2).

Isso para trazer à existência os mistérios da vida de tudo que criaria, e isso inclui o sangue, criado da água, da terra e do poder da luz! Misturados os ingredientes da soberania de Deus, que foi dizendo aos seus mistérios que trouxessem à existência cada coisa desejada e calculada em seus pensamentos, os seus mistérios obedeciam-no e tudo passava a existir!

Quando Jesus começa a receber em si, como 100% Deus, esses mistérios ainda no útero de sua mãe, entende bem o que seu Pai fez, e agora entende o que precisa também por Ele ser feito!

Tudo o que o Pai me der de maneira alguma o lançarei fora! (João, 6, 37). Que maravilha: agora Jesus entende que o que Deus está lhe concedendo é a sujeira lançada sobre os mistérios na água e no sangue, na vida e no amor, que Ele precisa limpar com sua vassoura santa, com o poder de seu imensurável amor!

Por isso seu cordão umbilical começa a receber o alimento que somente Ele poderia ingerir e degustar para transformar em si mesmo! Jesus recebe a força de todo o pecado em si através do sangue, na cruz Ele derrama esse sangue já com os mistérios do Pai já restaurados, e prepara o seu Espírito para descer às regiões da morte, e levar assim a vida de Deus onde a morte começou a reinar, e trazer novamente o poder dos mistérios revelados por Deus ao homem roubado por seu inimigo!

Por mais que Maria pudesse alimentar o corpo de Jesus, o seu Espírito, que sempre fora Santo, estava ali para receber os mistérios alterados pertencentes ao seu Pai e assim poder restaurar um a um. Esse é o Cordeiro que foi morto antes da fundação do mundo.

> **E adoraram-na todos os que habitam sobre a terra, esses cujos nomes não estão escritos no livro da vida do Cordeiro que foi morto desde a fundação do mundo. (Apocalipse 13, 8).**

Por isso, em um de seus discursos, Jesus diz **"Vós sois o sal da terra"** (Mateus 5, 13), pois Ele entende bem que os mistérios lançados sobre as águas por seu Pai foram lançados sobre os cristais de sal que continham nas águas salgadas e que, com esses mistérios que saíram do interior do próprio Deus, seu Pai, esses cristais passaram a ser cristais de terra, o sal alterado com o poder de Deus!

Com isso, tudo veio a existir pela terra, que é a concepção do poder do Pai, agora transferidos todos ao filho pelo cordão umbilical, e por seu corpo 100% humano. Por seu Espírito 100% Deus, Ele entende bem por que o cordeiro imolado seria morto, para assim o corpo ser sacrificado com todas as gotas de sangue que seriam derramadas sobre a terra, devolvendo assim os mistérios do Pai ao Pai, que foram roubados pela astúcia da mentira e do engano de Satanás do primeiro homem inocente que se deixou levar por Satanás, pela sua terrível fome.

O cordão umbilical funcionou bem, pois agora o sangue de Jesus se une ao sangue de Maria; se o sangue de Maria se unisse ao sangue de Jesus, não teria poder algum para nenhum tipo de mudança, por ser ela um ser apenas caído. Já o sangue de Jesus, quando unido ao sangue de Maria e ao sangue de qualquer outro pecador, ele é o antídoto necessário para trazer cura. E, quando isto ocorre, o sangue da remissão começa a funcionar como o antídoto contra o poderoso veneno; o próprio sangue contém o remédio, pois só Deus poderia ter o remédio para purificar algo que fora contaminado.

Pois Satanás, sendo criatura, jamais poderia criar nada, só danificar, por isso Deus criou até mesmo a estratégia para a purificação do sangue contaminado pelo pecado, por meio de sua criatura que começou a cair no próprio céu.

E disse-lhes: Eu via Satanás, como raio, cair do céu. (Lucas 10, 18).

Veja bem, quando Lúcifer começa a criar as suas estratégias de rebelião nos céus, Deus já sabia onde ele finalizaria, e Deus já tinha todas as respostas, por ser Ele o Deus Todo-Poderoso, e por formar as suas estratégias em longo prazo, pois sua resposta teria que ser Ele mesmo, como realmente o foi!

O Sangue do cordão umbilical é a resposta de Jesus não contra o pecado, mas contra todos os tipos de iniquidades (o Mal que vem através do sangue desde os antecedentes). Mas o sangue derramado através de sacrifício na cruz, esse sim, é o verdadeiro antídoto contra todos os pecados, do primeiro ao último ser criado.

Pela vida no corpo, começou um ciclo de pecados, para todos esses, sem exceção: Jesus venceu a morte e o inferno, através do seu sacrifício na cruz!

(Já estou crucificado com Cristo; e vivo não mais eu, mas Cristo vive em mim; e a vida que agora vivo na carne vivo-a na fé do filho de Deus, o qual me amou e se entregou a si mesmo por mim). (Gálatas 2, 20).

O ETERNO SANGUE DE JESUS CONCEDE O ETERNO PERDÃO

> Porque a lei foi dada por Moisés; a graça e a verdade vieram por Jesus Cristo. Deus nunca foi visto por alguém. O Filho unigênito, que está no seio do Pai, esse o revelou.
> (João 1, 17-18).

A revelação da "Graça" não é algo, mas alguém, Jesus de Nazaré, diferentemente do ministério da MORTE, que são ESCRITAS DE LEIS do próprio dedo de Deus. E por que Deus as concedeu?

Porque sabia da dureza do coração daqueles homens e mulheres e seu desejo sobre as leis revelarem detalhes de áreas mortas sobre os diferentes sentimentos deles.

Cada homem desonrado, humilhado, fracassado ou que passe por uma situação de adversidade reage negativamente de uma forma, e exatamente por isso Deus liberou cada uma das leis.

> E, se o ministério da morte, gravado com letras em pedras, veio em glória, de maneira que os filhos de Israel não podiam fitar os olhos na face de Moisés, por causa da glória do seu rosto, a qual era transitória,
> Como não será de maior glória o ministério do Espírito?
> (2 Coríntios 3, 7-8).

Paulo chama de Ministério da Morte, pois cada área a ser revelada por uma das leis trazia ainda mais contendas e mortes. Veja bem, a lei produz pessoas duras, principalmente contra as mulheres.

Você se lembra de como reagiu o jovem rico de Lucas 18? O jovem rico ficou muito feliz quando Jesus citou as leis, mas bem entristecido quando lhe disse: *vai e vende tudo o que possui e siga-me.*

> E perguntou-lhe certo príncipe, dizendo: Bom Mestre, que hei de fazer para herdar a vida eterna? Jesus lhe disse: Por que me chamas bom? Ninguém há

> bom, senão um, que é Deus. Sabes os mandamentos: Não adulterarás, não matarás, não furtarás, não dirás falso testemunho, honra a teu pai e a tua mãe. E disse ele: Todas essas coisas eu tenho observado desde a minha mocidade. E quando Jesus ouviu isto, disse-lhe: Ainda te falta uma coisa; vende tudo quanto tens, reparte-o pelos pobres, e terás um tesouro no céu; vem, e segue-me. Mas, ouvindo ele isto, ficou muito triste, porque era muito rico.
>
> E, vendo Jesus que ele ficara muito triste, disse: Quão dificilmente entrarão no reino de Deus os que têm riquezas! Porque é mais fácil entrar um camelo pelo fundo de uma agulha do que entrar um rico no reino de Deus. (Lucas 18, 18-25).

Analisando bem cada uma das leis, elas estavam em seu interior e o dinheiro o dominava, mas, quando soube o que deveria fazer para adentrar no Reino de Deus, simplesmente preferiu aderir ao sistema naquele momento implantado que vem a ser a prática do que já dominava, que para ele era o seu dinheiro e suas posses, do que algo que ainda não havia sido revelado em seu interior como entendimento.

O ministério de Condenação traz justiça própria pela lei e por seus mandamentos, mas, se analisarmos a lei comparada com a Graça de Lucas 19, vemos Zaqueu totalmente envolvido pelo poder de ser apresentado a Jesus, e dessa revelação, de trazer tal mudança ao seu interior, a Graça da presença de Jesus fez com que Zaqueu tomasse uma nobre posição.

Graça traz a bondade para com o coração de todos os homens; a Lei, a dureza e o poder de acusação, de orgulho ou vaidades próprias e principalmente de comparações de se autodenominar melhores ou maiores um dos outros.

> E, levantando-se Zaqueu, disse ao Senhor: Senhor, eis que eu dou aos pobres metade dos meus bens; e, se nalguma coisa tenho defraudado alguém, o restituo quadruplicado. E disse-lhe Jesus: Hoje veio a salvação a esta casa, pois também este é filho de Abraão. (Lucas 19, 8-9).

O que realmente ocorre é que a Graça ela se manifesta porque a justiça de Deus se manifestou em alguém que realmente não

POR QUE O SANGUE DE ABEL GRITOU?

experimentou a semente do pecado em si, pois Jesus não nasceu da semente de Adão, e sim da semente da mulher, já, quando o embrião que conduziu o Senhor Jesus ao útero, a concepção não ocorreu da forma tradicional.

A Graça não depende, assim, da bondade humana, que, por sinal, é inexistente, pois tudo quanto for bom em nosso interior e em nossas atitudes provém do alto, vem de Deus, o gerador do amor e da paz.

> **Toda a boa dádiva e todo o dom perfeito vêm do alto, descendo do Pai das luzes, em quem não há mudança nem sombra de variação. (Tiago 1, 17).**

Analisamos a seguir os porquês das bênçãos depositadas sobre a aliança da "Graça" por intermédio de Abraão, que foi a sombra do que viria por intermédio de Jesus Cristo. Porque a promessa de que havia de ser herdeiro do mundo não foi feita pela lei a Abraão, ou à sua posteridade, mas pela justiça da fé. Porque, se os que são da lei são herdeiros, logo a fé é vã e a promessa é aniquilada. Porque a lei opera a ira. Porque onde não há lei também não há transgressão.

> **Portanto, é pela fé, para que seja segundo a graça, a fim de que a promessa seja firme a toda a posteridade, não somente à que é da lei, mas também à que é da fé que teve Abraão, o qual é pai de todos nós, (Como está escrito: Por pai de muitas nações te constituí) perante aquele no qual creu, a saber, Deus, o qual vivifica os mortos, e chama as coisas que não são como se já fossem. (Romanos 4, 13-17).**

O que necessitamos, por isso, é analisar que a Lei veio por intermédio de Moisés, mas até a sua chegada não havia mortes ali no deserto, mesmo com murmurações; assim que a Lei chegou, o bezerro de ouro foi o primeiro sinal.

A Morte chegou de formas cruéis ali no deserto, revelando assim quanto estávamos enfermos pelo pecado e quanto Deus, ao longo dos anos, mostraria tudo isso, em cada detalhe.

Veja bem, Deus instituiu os Sacerdotes, com o Manto Sacerdotal, mesmo o primeiro sendo o da Graça, segundo Melquisedeque, o qual Abraão concedeu uma décima parte em alianças espirituais, mas a partir de Moisés, quando Deus escolhe Arão da tribo de Levi, seguidamente a partir daí, vem também os juízes, os reis e os profetas, para assim Deus falar por intermédio deles ou assim agirem por eles.

Até chegar o tempo da verdadeira Graça, a do Filho amado do Pai, enviado como o verdadeiro cordeiro que cobriria a todos quantos quisessem ser feitos filhos de Deus.

> **Veio para o que era seu, e os seus não o receberam.**
>
> **Mas, a todos quantos o receberam, deu-lhes o poder de serem feitos filhos de Deus, aos que creem no seu nome;**
>
> **Os quais não nasceram do sangue, nem da vontade da carne, nem da vontade do homem, mas de Deus. (João 1, 11-13).**

Jamais devemos equilibrar a "Graça" com a Lei, pois jamais teremos a condição de misturar vinhos novos em odres velhos. A Graça radical é o que muda vidas, como o Apóstolo Paulo o fez.

Por que Paulo indagou a forma de entendimento de Pedro?

> **Mas, quando vi que não andavam bem e diretamente conforme a verdade do evangelho, disse a Pedro na presença de todos: Se tu, sendo judeu, vives como os gentios, e não como judeu, por que obrigas os gentios a viverem como judeus?**
>
> **Nós somos judeus por natureza, e não pecadores dentre os gentios.**
>
> **Sabendo que o homem não é justificado pelas obras da lei, mas pela fé em Jesus Cristo, temos também crido em Jesus Cristo, para sermos justificados pela fé em Cristo, e não pelas obras da lei; porquanto pelas obras da lei nenhuma carne será justificada. (Gálatas 2, 14-16).**

Pedro estava misturando vinhos novos em odres velhos, e por isso falou o que deveria a Pedro, por isso Pedro não foi escolhido para ser o Apóstolo da Graça, pois ele tinha misturas da Lei; e, mesmo Paulo sendo um fariseu, como diz a seguir, tinha optado pela verdadeira escolha.

> **Porque a circuncisão somos nós, que servimos a Deus em espírito, e nos gloriamos em Jesus Cristo, e não confiamos na carne.**

POR QUE O SANGUE DE ABEL GRITOU?

Ainda que também pudesse confiar na carne; se algum outro cuida que pode confiar na carne, ainda mais eu:

Circuncidado ao oitavo dia, da linhagem de Israel, da tribo de Benjamim, hebreu de hebreus; segundo a lei, fui fariseu;

Segundo o zelo, perseguidor da igreja, segundo a justiça que há na lei, irrepreensível. Mas o que para mim era ganho reputei-o perda por Cristo. E, na verdade, tenho também por perda todas as coisas, pela excelência do conhecimento de Cristo Jesus, meu Senhor; pelo qual sofri a perda de todas estas coisas, e as considero como escória, para que possa ganhar a Cristo, E seja achado nele, não tendo a minha justiça que vem da lei, mas a que vem pela fé em Cristo, a saber, a justiça que vem de Deus pela fé; Para conhecê-lo, e à virtude da sua ressurreição, e à comunicação de suas aflições, sendo feito conforme à sua morte;

Para ver se de alguma maneira posso chegar à ressurreição dentre os mortos. (Filipenses 3, 3-11).

Aprendo que o que nos transforma é a glória do Pai, como somos transformados de glória em Glória, pelo Senhor.

Mas todos nós, com rosto descoberto, refletindo como um espelho a glória do Senhor, somos transformados de glória em glória na mesma imagem, como pelo Espírito do Senhor. (2 Coríntios 3, 18).

O Juízo que vinha sobre o sacrifício era bem maior do que o próprio sacrifício. Lembra-se de Elias, quando sacrificou sobre o Holocausto da Lei, e sobre aquelas pedras? Tudo sumiu.

Mas, com a Graça e com Jesus, tudo foi queimado sobre a sua pessoa, o Juízo foi executado, e os céus abriram-se; o sacrifício foi maior do que o Juízo, e por isso não há mais nenhum tipo de débito para com o Juízo de Deus, pois Jesus Cristo tudo já pagou.

Ao analisar a verdade da Graça, às vezes ignoramos parte da Bíblia, achando assim que, quanto mais pobres e perseguidos, mais santos e mais parecidos com Cristo seremos. Veja bem, Ele se fez pobre para que fossemos ricos, Ele adoeceu para que assim fossemos sãos, e Ele pagou um alto preço para que fossemos livres.

A Salvação foi paga por Ele; o galardão é adquirido com esforço e escolha em ativar o que a Bíblia revelada por Cristo Jesus faz.

Na Graça, Abraão foi altamente abençoado, e devolveu parte do que ele em revelação ao seu coração pela aliança que havia feito com Deus, com isso selando a nova aliança com os céus, e não com a Mesopotâmia e com Marduk, o principal deus de seus antepassados. Ele recebeu sempre o que era o melhor dos céus, por parte de Deus.

> Portanto, ofereçamos sempre por ele a Deus sacrifício de louvor, isto é, o fruto dos lábios que confessam o seu nome.
>
> E não vos esqueçais da beneficência e comunicação, porque com tais sacrifícios Deus se agrada. (Hebreus 13, 15-16).

A Graça que é a pessoa da nova aliança, não mais em Isaque, o filho da promessa, mas em Cristo, o cordeiro de Deus que foi sacrificado para ser novamente a ponte com Deus, e o livramento de todos os nossos pecados e iniquidades.

O que pesa é que os guardiões do inferno e das trevas ainda estão soltos, pois ainda estamos sendo todos gerados na fé, como foi nosso pai Abraão, mas, assim como Abraão pela fé somente venceu, todos nós, além da fé, temos o cordeiro de Deus.

Essa ponte de amor e fé fará toda a diferença para vencermos. O que está concedendo à religião muita força para serem mortos, e mutilados, é que na terra, quando esta recebe a semente do sangue, ali multiplicarão vidas para os céus, não por causa do sangue, mas por causa da Justiça de Deus em Cristo Jesus.

> Porque, como pela desobediência de um só homem, muitos foram feitos pecadores, assim pela obediência de um muitos serão feitos justos.
>
> Veio, porém, a lei para que a ofensa abundasse; mas, onde o pecado abundou, superabundou a graça; para que, assim como o pecado reinou na morte, também a graça reinasse pela justiça para a vida eterna, por Jesus Cristo nosso Senhor. (Romanos 5, 19-21).

Não devemos desprezar o amor de Deus. Sempre devemos nos preocupar em manifestar o amor, e toda a ação provoca uma

POR QUE O SANGUE DE ABEL GRITOU?

reação. Devemos amar a Deus e trazer à existência o que o amor provoca, e, quando o que está no meio é somente o ódio, o amor aliviará aquelas pessoas daquele local, e com isso a semente do amor será plantada e regada, e nascerá a justiça de Deus.

Na luz conseguimos correr com facilidade? E no escuro? Deus, por meio de seu imensurável amor, tem clareado a tudo de formas incisivas.

Mas, sem a luz dos céus sobre o povo que não possui as proteções liberadas pelos céus, torna-se impossível que haja entendimentos de amor, e prosseguir sem isso realmente é impossível.

Deus dificulta a caminhada dos inimigos do povo de Deus exatamente por esse motivo. Assim como Ele fez com a nuvem que direcionava o caminho do povo de Deus, hoje Deus sempre utiliza meios de seu amor grandioso para assim sinalizar cada detalhe de tudo que for necessário.

A MARAVILHOSA E BOA SEMENTE DO SANGUE: JESUS CRISTO

> **Porque, dizendo um: Eu sou de Paulo; e outro: Eu de Apolo; porventura não sois carnais? Pois, quem é Paulo, e quem é Apolo, senão ministros pelos quais crestes, e conforme o que o Senhor deu a cada um? Eu plantei, Apolo regou; mas Deus deu o crescimento. Por isso, nem o que planta é alguma coisa, nem o que rega, mas Deus, que dá o crescimento.**
> **(1 Coríntios 3, 4-7).**

Todas as vezes que escolhemos sementes para uma boa plantação, na realidade jamais sabemos quais serão as boas sementes, que frutificarão bem, e as que apenas serão sepultadas.

Muitas sementes estão ali plantadas, mas do lado de fora não podemos ver o que ocorre debaixo da terra com elas, apenas estamos adubando a terra e aguando, mas o que está ali sendo realizado no interior somente a terra pode dizer. E por quê?

Voltemos ao princípio, quando a terra ainda era vazia e sem forma, e quando apenas um abismo havia. O que fez nosso Deus? Disse "Haja Luz", mas o que isso tem a ver com a fertilização da terra?

> **Falou-lhes, pois, Jesus outra vez, dizendo: Eu sou a luz do mundo; quem me segue não andará em trevas, mas terá a luz da vida. (João 8, 12).**

A luz da vida também pode ser designada como a vida da luz, e, pela vida da luz, tudo que estava em trevas pode, a partir daquele momento, ter não somente a luz, mas a vida que contém na própria essência da luz. Isso responde por que a terra passou a ter vida, por causa da luz adentrando nela, e em seguida as águas puderam de a mesma forma ter vida, as águas doces e as águas salgadas, e o firmamento também pôde ter vida; ou seja, o ar, que separava a esfera da terra das águas e dos céus.

Mediante esse processo, Deus começou a gerar em seu interior tudo quanto transferiria para as águas, para o ar e para a terra, já com vida, e todos os mistérios da vida em cada semente, que, como um dispositivo de mistérios específicos para cada detalhe, por meio de sementes, traria as respostas do que a terra deveria produzir em vida e em espécie de cada vida.

Análise de um ovo: ele, sem ser chocado pela galinha, não pode ter o acesso da vida, mas, quando ela transfere o potencial dos mistérios da vida para o ovo, automaticamente ele é fecundo e começa a ser gerada a essência que ela transferiu ao seu ovo.

Somente Deus é quem tem o poder da essência registrado dentro dele para assim dar o crescimento necessário, para sair de baixo da terra e adentrar nos níveis do solo saindo para os níveis de ar e calor dos raios solares firmemente, já como planta viva receber a vida em cada elemento liberados pelas mãos do próprio Deus de acordo com o que ele mesmo gerou para assim ser ativado.

Deus transferiu um ponto de mistério de vida para o Ar, para a Água, para o Fogo e para a Terra, pois para cada um Ele criou uma essência de vida. As que habitariam na terra, no ar, na água e no calor do fogo, que são os raios solares na temperatura exata, pois o calor do "Sol" é o responsável pela calcificação dos ossos e pelo amadurecimento dos frutos e da base exata de todos os níveis vitamínicos de todas as folhas.

Quer saber? Tudo aquilo que é plantado é semente, e semente, quando é boa, jamais será uma semente enterrada, mas plantada.

Lembra-se de Lázaro?

> **Disse, pois, Marta a Jesus: Senhor, se tu estivesses aqui, meu irmão não teria morrido. Mas também agora sei que tudo quanto pedires a Deus, Deus to concederá. Disse-lhe Jesus: Teu irmão há de ressuscitar. Disse-lhe Marta: Eu sei que há de ressuscitar na ressurreição do último dia. Disse-lhe Jesus: Eu sou a ressurreição e a vida; quem crê em mim, ainda que esteja morto, viverá; E todo aquele que vive, e crê em mim, nunca morrerá. Crês tu isto? Disse-lhe ela: Sim, Senhor, creio que tu és o Cristo, o Filho de Deus, que havia de vir ao mundo. (João 11, 21-27).**

Jesus sabia que a enfermidade de Lázaro não era para a morte, mas para a ressurreição. Por quê?

POR QUE O SANGUE DE ABEL GRITOU?

Porque Lázaro foi plantado com um propósito. Sabe qual? O propósito de trazer os mistérios nas mãos de Jesus ainda em vida e em carne, pois os elementos da vida correspondem a quatro e são para a terra e para a vida terrena.

Jesus sabia que teria de encarar os mistérios da Ciência, os que Satanás havia corrompido e roubado, tudo quanto a Trindade havia transferido para o primeiro homem em sua essência carnal.

Deus colocou no meio do Jardim a Árvore da Ciência do Bem e do Mal. Tudo quanto era semelhante na Trindade foi transferido para o homem, e tudo que era a imagem dos três, cada um deles, olhando um ao outro, copiou e transferiu também para o homem, ficando assim a Imagem refletida da Trindade e à semelhança de tudo quanto possuíam os três.

Jesus fala sobre a Ressurreição em um diálogo com Marta e ela diz que acredita, não para o presente tempo, mas, para um tempo ainda futuro; Quando Jesus diz:

> **Disse-lhe Jesus: Eu sou a ressurreição e a vida; quem crê em mim, ainda que esteja morto, viverá;**
> **E todo aquele que vive, e crê em mim, nunca morrerá. Crês tu isto? (João 11, 25-26).**

Jesus é a boa semente do sangue. Quando Ele está sendo gerado no útero de Maria, Ele começa a receber toda a ciência do bem e do mal enraizada na vida humana.

Ele é o Espírito Do Deus vivo, mas, sua roupa, o corpo carnal é um corpo de pecados, com todos os mistérios revelados para Adão, que recebeu nele toda a ciência transferida da árvore do conhecimento do bem e do mal. O do bem foi para as mãos agora de Satanás, que ao desobedecer a Deus Adão transfere o direito legal a ele concedido por um período, para a semente da ciência do mal e da morte.

Jesus agora possui essa essência, e todos esses mistérios, mas, para vencer a semente, Ele precisa de um ciclo e este precisa ser manifesto em revelação pela Glória de Deus.

> **E Jesus, ouvindo isto, disse: Esta enfermidade não é para morte, mas para glória de Deus, para que o Filho de Deus seja glorificado por ela. (João 11, 4).**

Uma ativação da palavra revelada de Deus para assim ser liberada. Porque quatro dias equivale a quatro mistérios. Cada dia um dos mistérios sendo trabalhado. Sendo eles, O Ar, A Água, O Fogo (Temperatura) e a terra (Decomposição).

Quando Jesus diz a Lázaro *Sai, para o lado de fora, onde estou aguardando por você*, Ele está dizendo: "Elementos que foram amarrados pelo pecado e pela morte, eu tenho novamente autoridade sobre vocês!"

Voltando mais um pouquinho agora, analisaremos a forma de receber as palavras direcionadas de Jesus para as duas irmãs, Marta de uma forma e Maria com outra sensibilidade

> **Tendo, pois, Maria chegado aonde Jesus estava, e vendo-o, lançou-se aos seus pés, dizendo-lhe: Senhor, se tu estivesses aqui, meu irmão não teria morrido. Jesus, pois, quando a viu chorar, e chorando os judeus que com ela vinham, moveu-se muito em espírito, e perturbou-se E disse: Onde o pusestes? Disseram-lhe: Senhor vem, e vê. Jesus chorou. Disseram, pois, os judeus: Vede como o amava. (João 11, 32-36).**

Marta não era íntima de Jesus, Marta era apenas aquela que se preocupava com partes físicas, mas Maria não, Maria possuía algo profundo com Jesus, e, quando ela falou com Ele, falou no sentido de saber que Ele poderia fazer algo sobrenatural, mas para ela, e não o fez. Por isso — conhecendo o coração e a profundidade do que Maria estava sentindo, e sentindo-se traída pelo próprio Deus, por ainda não ter o conhecimento profundo de porque seu irmão havia sido apenas plantado, e não enterrado — Jesus chorou.

Por que Lázaro foi plantado como semente, e não enterrado, segundo a visão de Jesus? Ser planta viva é diferente de ser semente morta.

O que é isso? Que diferença faz? Ser planta é estar plantado em algo, e ser semente é um mistério de vida que ainda será desabrochada.

Lázaro ali era uma planta, e uma planta que estava plantada nos mistérios do Pai. A cada dia em que Lázaro como planta perdeu um pouco de si, ele entregou os mistérios da vida: da Vida do Ar, da Vida da Água, da Vida do Fogo, e da Vida da Terra.

Por que ou somos sementes, ou somos plantas? Qual a diferença? Naquele momento Lázaro foi planta e depois foi semente, por quê? Porque naquele momento ele foi para a sepultura com um propósito: qual?

> **Jesus respondeu: Não há doze horas no dia? Se alguém andar de dia, não tropeça, porque vê a luz deste mundo; mas, se andar de noite, tropeça, porque nele não há luz. Assim falou; e depois lhes disse: Lázaro, o nosso amigo, dorme, mas vou despertá-lo do sono. Disseram, pois, os seus discípulos: Senhor, se dorme, estará salvo. (João 11, 9-12).**

Quando Lázaro morreu aos olhos de todos, e permaneceu morto durante quatro dias, Deus apenas o via como alguém que estava dormindo, como a palavra de Deus nos diz:

> **Inútil vos será levantar-se de madrugada, repousar tarde, comer o pão que penosamente granjeastes; aos seus amados ele o dá enquanto dormem.**
>
> **Disse-lhes: Retirai-vos, que a menina não está morta, mas dorme. E riam-se dele. (Mateus 9, 24)**

Deus não vê como o homem vê. Ele sabia que Jesus teria que resgatar cada um dos mistérios da vida que Ele mesmo gerou no homem. E, quando concedeu a vida da luz, Ele concedeu a vida para todos os elementos, e, sendo assim, Ele devolveu a vida a cada elemento no corpo de Lázaro: através dessa transferência, Ele estava colocando sobre a vida a possibilidade da ressurreição sobre os elementos, de que Ele já tinha todo o poder, estando Jesus em um corpo como o de Lázaro.

Ali eram quatro elementos: Terra, Ar, Fogo e Água; Primavera, Verão, Outono e Inverno; Norte, Sul, Leste e Oeste.

Doze horas da noite e doze horas do dia: vinte e quatro. Anciões de dias nos céus.

> **Jesus respondeu:**
>
> **Não há doze horas no dia? Se alguém andar de dia, não tropeça, porque vê a luz deste mundo; mas, se andar de noite, tropeça, porque nele não há luz. (João 11, 9-10).**

Jesus estava dizendo que era necessário despertar a vida da luz em um corpo que estava apagado pelo pecado.

Este era o mistério da ressurreição de quem nele crê tem o direito de ser arvore viva e semente viva, para a vida ou para a morte. Ou somos da luz ou somos das trevas.

Por que Jesus tinha a convicção de que poderia já realizar isso? Ele teve o sinal das bodas do cordeiro na terra.

O que é isso? Bodas representa casamento, e casamento não é aliança? Sim? Qual a tradição de uma aliança no tempo de Jesus? Dote! Todo noivo que possuía um dote concedido por uma mulher era o sinal de que a família o havia permitido ser entregue em Aliança a um homem, que seria o seu noivo, e em bodas teria com ele uma aliança, e isso honraria o noivo.

Jesus havia recebido um sinal, o sinal de Maria:

> **E Maria era aquela que tinha ungido o Senhor com unguento, e lhe tinha enxugado os pés com os seus cabelos, cujo irmão Lázaro estava enfermo. (João 11, 2).**

Jesus já tinha o sinal, os seus pés foram ungidos com unguento que era um dote, então Ele possuía uma aliança na Eternidade com uma mulher, que havia preparado não o corpo, mas os pés, pois a promessa de Deus para a mulher seria a de que de sua semente nasceria um que esmagaria a cabeça (Autoridade) da Ciência do Mal com seus pés. Maria ungiu os pés com a aliança que tinha como herança para entregar ao seu noivo.

Maria tinha uma aliança de amor com Jesus. Embora Jesus tivesse esse amor profundo por Maria, esse amor não era como a carne e os hormônios de um homem comum, pois Jesus não tinha sido concebido pelo poder de uma semente masculina; sendo assim, os hormônios masculinos que tinha eram os da essência dos mistérios da vida de Deus, pois Ele era a "Semente da Mulher", e não a semente do homem.

Jesus necessitava da mesma forma de uma tradição humana, o amor de uma mulher e um dote para assim ter uma aliança espiritual na Eternidade, e com isso este dote a ele transferido através de um unguento liberado e derramado sobre seus pés, por uma mulher, a

POR QUE O SANGUE DE ABEL GRITOU?

semente da mulher capacitada com a aliança e o dote do amor que Maria havia liberado, Jesus poderia adentrar com toda a autoridade como o homem (Adão) e como (Deus) o Senhor de todos os mistérios.

Tem-se a Semente do Sangue, e os mistérios recuperados do Deus (Pai), Filho (Essência da Alma) e (Espírito Santo), a Imagem que havia sido transferida pelos três ao homem, e a semelhança de tudo quanto os três possuíam e que fora liberado na concepção de Adão e ao ser gerado no interior de Maria: Jesus, pela semente do Sangue, recupera todos os mistérios; com isso, Ele é dotado de todo o "Poder e Autoridade", como Deus e como homem puro, sem mancha nem pecado, porque, mesmo sendo homem, não teve nenhum tipo de desejo carnal, e por isso não foi contaminado pelo pecado original, que é a semente do homem, o espermatozoide.

Temos que analisar sempre o potencial da essência de uma "Raiz", de onde ela retira a vitalidade da vida.

> **Bendito o homem que confia no Senhor, e cuja confiança é o Senhor.**
>
> **Porque serão como a árvore plantada junto às águas, que estende as suas raízes para o ribeiro, e não receia quando vem o calor, mas a sua folha fica verde; e no ano de sequidão não se afadiga, nem deixa de dar fruto. (Jeremias 17, 7-8).**

"Bendito" quer dizer aquele que traz a essência da "bênção" dos céus, o que é uma qualidade de todo aquele que está junto às águas com suas raízes interligadas à essência da vida. Esse ponto de vitalidade é um ponto muito importante, pois é o que exatamente pode externar todos os mistérios da vida da água, o que Deus liberou como uma galinha que libera vida ao seu ovo; Deus liberou as águas, e em águas que já havia tido a liberação da morte: agora possuía a liberação da vida.

Foram sobre esses mistérios contidos nas águas que Deus disse a Jeremias: Bênção ou Maldição; ou ele tem a porção liberada dos mistérios da vida ou os da morte. Ou possui a Bênção ou a Maldição.

> **Bem-aventurado o homem que não anda segundo o conselho dos ímpios, nem se detém no caminho dos pecadores, nem se assenta na roda dos escarnecedores.**

> Antes tem o seu prazer na lei do Senhor, e na sua lei medita de dia e de noite.
>
> Pois será como a árvore plantada junto a ribeiros de águas, a qual dá o seu fruto no seu tempo; as suas folhas não cairão, e tudo quanto fizer prosperará. (Salmos 1, 1-3).

O que vem a ser conselho dos ímpios? Um conselho contrário à vontade de nosso Deus, e que somente trará o que não vem da essência da vida de Deus, e com isso somente trará a morte e a maldição que vem a ser Morte em todas as áreas da vida, que passa e exalar o cheiro da morte, e não o bom perfume da vida!

> E, graças a Deus, que sempre nos faz triunfar em Cristo, e por meio de nós manifesta em todo lugar a fragrância do seu conhecimento. Porque para Deus somos o bom perfume de Cristo, nos que se salvam e nos que se perdem. (2 Coríntios 2, 14-15).

O triunfo sempre virá por intermédio de Cristo Jesus, pois foi Ele, ao vencer a morte e o inferno, que são todos os mistérios do pecado, que pôde assim, n'Ele mesmo, produzir a essência de tudo quanto seja necessário para que haja vida e conquista em tudo quanto for pleiteado na terra. O caminho da vitória somente vem por intermédio de Cristo Jesus.

Quando Ele levou cativo ao cativeiro de cada um daqueles que possuíam a essência da morte, e morreu n'Ele a morte de cada um, ao morrer e engolir dentro de sua vida, refez aquilo que seu Pai havia feito nas águas dos abismos que estavam em densas trevas, e com isso novamente devolveu a essência da vida em todos os níveis de morte. Só que, quando Deus liberou essa essência da vida, ainda nada havia sido materializado. E, depois de materializada a terra, os animais, as árvores, as aves, peixes e tudo quanto já havia no jardim, a essência da vida da Trindade de sua imagem e de sua semelhança já estava na imagem de Deus (Casal), e com isso estava materializado tudo quanto era, apenas no início, a forma dentro de Deus (o Elohim), o Deus Criador, agora em Jesus: Ele contém a tudo isso na essência de um corpo humano já em espécie, e por isso Ele pode engolir tudo novamente com a essência de homem e com a essência de Deus.

Por isso ele sendo humano e ao mesmo tempo o filho do próprio Deus ao morrer, venceu nesta morte dele a cada uma das nossas em sua essência mortal para nos transportar das trevas para a sua maravilhosa luz.

> O qual nos tirou da potestade das trevas, e nos transportou para o reino do Filho do seu amor; Em quem temos a redenção pelo seu sangue, a saber, a remissão dos pecados; O qual é imagem do Deus invisível, o primogênito de toda a criação;
>
> Porque nele foram criadas todas as coisas que há nos céus e na terra, visíveis e invisíveis, sejam tronos, sejam dominações, sejam principados, sejam potestades. Tudo foi criado por ele e para ele. (Colossenses 1, 13-16).

Isso foi relatado de forma poderosa por nosso irmão Apóstolo Paulo, assim como pelo Apóstolo Pedro:

> Mas vós sois as gerações eleitas, o sacerdócio real, a nação santa, o povo adquirido, para que anuncieis as virtudes daquele que vos chamou das trevas para a sua maravilhosa luz; Vós, que em outro tempo não éreis povo, mas agora sois povo de Deus; que não tínheis alcançado misericórdia, mas agora alcançastes misericórdia. (1 Pedro 2, 9-10).

A essência que segundo tradições de povos abençoados pela forma que vieram a existir ou não abençoados como os moabitas, que vieram por relações inadequadas pela visão de Deus, através de uma filha e um Pai, Ló e uma de suas filhas, uma Moabita que seria maldita até a sua 10ª Geração, chamada Rute, mas, que na quarta geração por ter tomado uma decisão de ter ao Deus de sua sogra como o seu, Rute teve a sua maldição paralisada, e com os mistérios de seu sangue, teve um filho com Boaz, chamado Obede, que desta geração, veio a genealogia de Jesus.

> Assim tomou Boaz a Rute, e ela lhe foi por mulher; e ele a possuiu, e o Senhor lhe fez conceber, e deu à luz um filho. Então as mulheres disseram a Noemi: bendito seja o Senhor, que não deixou hoje de te dar remidor, e seja o seu nome afamado em Israel.

> Ele te será por restaurador da alma, e nutrirá a tua velhice, pois tua nora, que te ama, o deu à luz, e ela te é melhor do que sete filhos. E Noemi tomou o filho, e o pôs no seu colo, e foi sua ama. E as vizinhas lhe deram um nome, dizendo: a Noemi nasceu um filho. E deram-lhe o nome de Obede. Este é o pai de Jessé, pai de Davi.
>
> Estas são, pois, as gerações de Perez: Perez gerou a Hezrom, E Hezrom gerou a Rão, e Rão gerou a Aminadabe, E Aminadabe gerou a Naassom, e Naassom gerou a Salmom, E Salmom gerou a Boaz, e Boaz gerou a Obede, E Obede gerou a Jessé, e Jessé gerou a Davi. (Rute 4, 13-22).

O que retrata nessa genealogia é que a bênção é maior do que a maldição, a vida maior do que a morte. Por isso, Jesus começa ainda no Jetsemâni a dizer:

> E, indo um pouco mais para diante, prostrou-se sobre o seu rosto, orando e dizendo: Meu Pai se é possível, passe de mim este cálice; todavia, não seja como eu quero, mas como tu queres. (Mateus 26, 39).

Nesse momento, Jesus sente-se totalmente como um pecador, a semente do sangue agora se torna a semente do pecado, Jesus começa a sentir as mazelas de um homem comum, e por isso a ausência da presença de Deus em si é notória, não porque Deus não mais habita n'Ele, pois Ele é o próprio Espírito do Deus vivo, mas porque agora a morte está totalmente envolvida n'Ele, Ele a engoliu totalmente.

Como Ele com a morte se tornam um, o momento agora é de suar sangue, pois agora a vida e a morte se unem em um único ser.

Com certeza, alguém terá que vencer: e quem vencerá nessa batalha? O que for o mais forte e poderoso Deus, o inabalável, o Senhor por excelência.

Agora Jesus começa a reconhecer cada detalhe do que Ele mesmo concedeu como vida quando trouxe a sua maravilhosa luz a cada detalhe de cada local de trevas em que seu Pai ali estava liberando a vida.

> E disse Deus: Haja luz; e houve luz. (Gênesis 1, 3).

POR QUE O SANGUE DE ABEL GRITOU?

As trevas ali cercaram o nosso majestoso Senhor; era o momento do novo impasse, pois o primeiro Deus pairou sobre as águas dos abismos trevosos e vazios ali totalmente perdidos de sua forma original, pois a terra estava vazia e sem forma. Deus começou a transferir a sua vida e o seu poder, gerou todos os espíritos de vida e todos os seus projetos, pois, antes de dizer "Haja Luz", disse: "Haja Cruz". A cruz com o rio de fogo, pois somente Ele é o "Fogo abrasador e Fogo Consumidor".

> **Porque o nosso Deus é um fogo consumidor. (Hebreus 12, 29).**

Agora Jesus Cristo está recebendo a tudo isso em seu interior, não da mesma forma em que nosso Deus gerou e transferiu, agora já com as transferências de toda a parte contaminada de um terço dos anjos que se rebelaram ainda nos céus contra nosso Deus, e assim contaminados foram lançados com a fermentação da rebelião que ainda nos céus anjos receberam e trouxeram para a terra e isso foi liberado para a decomposição da terra, pois, a terra não havia sido criada para ser um caos.

> **Porque assim diz o Senhor que tem criado os céus, o Deus que formou a terra, e a fez; ele a confirmou, não a criou vazia, mas a formou para que fosse habitada: Eu sou o Senhor e não há outro. (Isaías 45, 18).**

Sim, Deus a criou para ser habitada, mas, quando ele chegou a encontrou de forma inabitável, ele começou o seu projeto perfeito. Agora Jesus recebe nele todas estas informações, e como um homem comum, Jesus sendo Deus também não conseguiu sentir a sua própria luz, pois, estava todo coberto e a sua medida de trevas interiormente falando estava totalmente preenchida, como poderia ali naquele momento poder ver ou sentir a luz de Deus?

Jesus até diz:

> **E perto da hora nona exclamou Jesus em alta voz, dizendo: Eli, Eli, lamá sabactâni; isto é, Deus meu, Deus meu, por que me desamparaste? (Mateus 27, 46).**

Agora a semente do sangue, que é a semente da vida, será enterrada, para assim ser plantada no mundo espiritual; Jesus tornar-se-á um poderoso "Rio de Sangue", o rio da vida de todos os mistérios do sangue de toda a humanidade contaminada pelo pecado: mas, ao entrar em contato com Jesus, o seu sangue derramado na terra começa a gritar com ousadia, e, enquanto Jesus recebe n'Ele o sangue de todos os seus irmãos, gera neles vida; e, onde vai encontrando a morte na terra e nas águas, nos abismos da terra e nos abismos das águas, Ele vai engolindo todo o sangue envolvido na terra, na água, no ar e no fogo.

Glórias a Deus! A semente plantada agora vai frutificar uma poderosa Árvore da Vida, a vida real de Deus.

A Árvore da Ciência do Conhecimento do Bem e do Mal agora é uma única coisa em Cristo Jesus, que forma em seu interior o antídoto de como vencer esse veneno chamado pecado e esse espírito chamado morte.

O Corpo chamado morte agora se encontra com a própria essência da vida, a vida da luz, da água, do fogo e a vida do ar. (O Espírito da vida), para assim manifestar aos mistérios da vida do Espírito que seria a manifestação da Glória de Deus.

> **Ora, ao Rei dos séculos, imortal, invisível, ao único Deus sábio, seja honra e glória para todo o sempre. Amém. (1 Timóteo 1, 17).**

Essa manifestação seria a Adoração a esse Deus todas as vezes que esse boneco respirasse, e isso seria uma adoração contínua, pois o homem, quando para de respirar, para de ter a vida, e a vida é o ato de Adoração ao nosso Deus.

A Terra possui cada um dos mistérios da vida de Deus, e onde existe morte, quando o poder da água que possui a vida de Deus, e a terra, e quando isso forma o barro, que é a essência da roupa humana, nas mãos do Deus Santo, Ele pode trazer a essência da perfeição de uma parte da roupagem que esteja faltando.

> **Tendo dito isso, cuspiu na terra, e com a saliva fez lodo, e untou com o lodo os olhos do cego.**
>
> **E disse-lhe: Vai, lava-te no tanque de Siloé (que significa o Enviado). Foi, pois, e lavou-se, e voltou vendo. (João 9, 6-7).**

Em outra situação, Jesus também cura outro cego:

POR QUE O SANGUE DE ABEL GRITOU?

> E, tomando o cego pela mão, levou-o para fora da aldeia; e, cuspindo-lhe nos olhos, e impondo-lhe as mãos, perguntou-lhe se via alguma coisa. E, levantando ele os olhos, disse: Vejo os homens; pois os vejo como árvores que andam. Depois disto, tornou a pôr lhe as mãos sobre os olhos, e o fez olhar para cima: e ele ficou restaurado, e viu a todos claramente. (Marcos 8, 23-25).

Aqui o cego vê primeiro o mundo espiritual, sua visão apenas lhe transmite a imagem de pessoas como sendo apenas árvores, e imagine que possamos espiritualmente sermos como arvores com raízes plantadas.

Jesus tornou-se o "Rio de Vida", e Ezequiel pôde ter a revelação de que onde Ele chegasse haveria curas e libertações.

> E será que toda a criatura vivente que passar por onde quer que entrarem estes rios viverá; e haverá muitíssimo peixe, porque lá chegarão estas águas, e serão saudáveis, e viverá tudo por onde quer que entrar este rio. (Ezequiel 47, 9).

O mais lindo é que todos os rios se unem a um único "Rio de Vida", e todos eles se encerram nos mares e oceanos. Isso mostra que Jesus é o verdadeiro Santuário de Deus, que nasce como rio de vida; por onde chegou, levou cativo o cativeiro.

> Por isso diz: Subindo ao alto, levou cativo o cativeiro, e deu dons aos homens.
>
> Ora, isto — ele subiu — que é, senão que também antes tinha descido às partes mais baixas da terra? Aquele que desceu é também o mesmo que subiu acima de todos os céus, para cumprir todas as coisas. (Efésios 4, 8-10).
>
> E ele é a cabeça do corpo, da igreja; é o princípio e o primogênito entre os mortos, para que em tudo tenha a preeminência. Porque foi do agrado do Pai que toda a plenitude nele habitasse. E que, havendo por ele feito a paz pelo sangue da sua cruz, por meio dele reconciliasse consigo mesmo todas as coisas, tanto as que estão na terra, como as que estão nos céus. (Colossenses 1, 18-20).

A NOVA VIDA DEBAIXO DA GRAÇA REDENTORA DE DEUS, SEGUNDO O ESPÍRITO DA ADOÇÃO E SANTIDADE

> Porque todos os que são guiados pelo
> Espírito de Deus, esses são filhos de Deus.
> (Romanos 8, 14).

Existem hoje na face da Terra aproximadamente 7 bilhões de seres humanos, e sabemos que todos são chamados de criaturas a imagem e semelhança de Deus. Mas qual a diferença entre ser apenas uma criatura e ser filho?

Existe uma palavra dita pelo nosso amado Mestre e Senhor Jesus em João, capítulo 3. Trata-se de um diálogo com um príncipe da época, chamado Nicodemos, que estava sendo instruído Jesus, mostrando-lhe a diferença entre ser apenas um ser criado pela essência criadora da vida e nascer do novo nascimento, que é a nova essência da vida conquistada por Cristo Jesus: e esse novo nascimento nos concede o direito de sermos chamados filhos de Deus e coerdeiros de sua graça!

Quando Deus cria o homem, poderia ao mesmo tempo já ter criado dois bonecos de terra e depois soprar dentro dos dois a essência da vida. Mas por que não o fez?

Ele possuía um projeto de vida em que o desejo de seu coração seria cumprido por meio desse seu projeto.

Por isso Deus cria o homem e, desse homem, tira-lhe uma parte resistente e dura, seu lado emocional, ou seja, o lado do coração; dessa costela, Ele cria a adjutora, a sua companheira. Ao criar essa mulher, em seguida também sopra sobre ela a essência da vida.

Ela já possuía a essência da vida que Deus já havia soprado em Adão, e agora novamente ela possuía uma nova essência de vida. Mas por que Deus cria a mulher, que também é a sua imagem e semelhança, com duas naturezas de vida?

Deus já estava de olho em seu projeto, sabia o que estava colocando no interior de Eva, que era o poder da reprodução por meio do seu ventre, de seu útero, que geraria vidas, e nesse útero as vidas seriam geradas em uma bolsa específica, com sua essência de mistérios da vida contendo água, e não qualquer água, a água da vida dos mistérios de Deus.

Mas, para que pudesse ser perfeito o plano de Deus, ainda em suas alas celestiais, Ele percebeu que Bencherra, o aferidor, ou seja, o antigo nome concedido a Lúcifer, estava transferindo um sentimento que Deus não havia gerado e corrompendo muitos de seus principais líderes nos céus. Mesmo sabendo disso, Deus permitiu que ele pudesse continuar; Deus já sabia o que faria. Expulsou todos os líderes com Lúcifer dos céus, e, quando chegou à terra para criar o seu lindo projeto, depois de permanecer sobre as águas, Deus iniciou o seu lindo plano. E de que forma?

Transferindo vida para as águas: a partir disso, Ele trouxe a existência a tudo o que Ele projetara dentro de seu interior. Quando partiu para o homem, colocou as suas mãos, e consequentemente para a mulher também.

Tudo pronto. Mas agora Deus não se aproxima em nenhum momento de Eva, porque, assim como no céu, na terra Satanás também chegaria à parte que não conhecia intimamente a Deus e que poderia ser corrompida.

Deus já sabia que os projetos do mal seriam transferidos para Eva, e sabia que isso seria necessário para que o poder do livre-arbítrio pudesse existir. Quando agora Jesus fala sobre nascer da água, é sobre esse nascimento de ventre, é ser gerado nessa bolsa d'água, e nascer do Espírito seria nascer de Deus, ainda estando na terra, por intermédio da fé em Cristo Jesus, o Filho de Deus.

Quando Deus promete uma grande e poderosa nação para Abraão, Ele sabe que usará um ventre, e esse ventre já está morto, porque Deus diz para Satanás colocar o seu preço e ele exige preço de morte.

Quando este preço é pago, e Sara já está com o seu útero morto, e Abrão em seu processo de criação também, em seguida Deus coloca o que somente dele poderia ser liberado, por causa do poder da essência milagrosa da vida no útero totalmente estéril

POR QUE O SANGUE DE ABEL GRITOU?

que ali diante da vida de Sara e em Abraão desta forma é gerada vida onde há morte, vencendo assim ao segundo obstáculo.

Jesus chega e recebe ainda no útero de Maria todas essas informações para em seu corpo, já na fase adulta, tomar sobre si todos os pecados, dores e iniquidades, todo o poder da morte, que foi o preço colocado por Lúcifer para transferir sobre os filhos de Deus aquilo que Ele gerou. E agora Deus sabe que pagará; e consequentemente vai vencê-lo com o que tem de melhor, o poder da vida, por meio de Cristo Jesus, a nossa Redenção.

Por isso, quem é guiado por essa revelação é chamado filho de Deus, pois aceitou algo que vence todas as limitações impostas por Satanás e adquire o poder e as autoridades concedidas por meio da vida de Cristo Jesus derramadas.

Em João 19, 30, Jesus recebe vinagre na cruz, e tudo em sua boca se seca, tendo ausência total de água. Sua garganta e tudo n'Ele haviam secado, mas Ele não recebe água. Sendo Ele a videira verdadeira, recebe antes de morrer o vinho passado e alterado, vinagre. Quando isso ocorre, Jesus diz: *Está tudo consumado, Pai, receba o meu Espírito!* Jesus em seguida tem o seu coração esmagado, pois isso sim seria o mais importante de ocorrer. Jesus, tendo seu coração rasgado e esmagado por uma lança, está ali trazendo à existência o poder e a essência natural do coração, que não seria mais o ódio e os maus sentimentos, mas o perdão e o amor.

A Água contaminada pelo mal e pela rebelião transferida ao primeiro útero, o de Eva, agora Jesus está transformando em perdão por meio da água que é retirada de seu coração, e Ele diz:

Papai, está pronto novamente o poder original da vida; quem crê em mim de seu interior fluirão rios de águas vivas, e não mais a morte que são os maus sentimentos de morte e vingança. (João 7-38).

Foi isso que Jesus orientou a Nicodemos e continua fazendo a cada um de nós, que, como filhos, precisamos de libertação do pecado e da morte, e essa somente por meio do pão da vida em Cristo Jesus.

Isso Jesus estava dizendo, nascer em espírito pelo poder espiritual da fé gerada também em um útero, o de Sara. Quando a mulher Sirofenicia entende que ela pode ser adotada mesmo com migalhas, pode ser alimentada por esse pão, ela entende o poder da adoção no poder da vida para vencer a morte e ter a libertação, que é vencer o processo de aprisionamento que durante tanto tempo lhe causou morte.

Somente por meio do que foi feito na cruz, através do sacrifício de Jesus, que ali foi liberado a Ativação da nova vida e a libertação de todo teor nocivo, e em Jesus aquele que nele é liberado encontra a nova essência de libertação como um alimento vivo, para uma nova vida.

O PAI DO PERDÃO E O PAI DA VINGANÇA! O QUE É MAIS FORTE?

> **Porque sete vezes Caim será vingado;**
> **mas lameque, setenta vezes sete.**
> **(Gênesis 4, 24).**

Estamos vivendo dias bastante difíceis e cheios de jugo, pois estamos nos esquecendo a priori dos ensinos de nosso amado Mestre e Senhor Jesus Cristo.

> **Então, Pedro, aproximando-se dele, disse: Senhor, até quantas vezes pecará meu irmão contra mim, e eu lhe perdoarei? Até sete? Jesus disse: Não te digo que até sete, mas até setenta vezes sete. (Mateus 18, 21-22).**

Incrível, não é mesmo? Jesus chega e concede-nos uma tremenda lição, isso com certeza preparando os seus discípulos para entenderem a forma de seu governo que estava sendo introduzido.

Vemos hoje tantas lutas, tantos jugos, até mesmo na internet, em e-mails e na televisão, propagandas políticas não mais traçando os reais planos de governo e as intenções governamentais, mas acusações e juízos muito tristes e confrontantes. Todos já à beira de ataques de nervos.

Temos que nos posicionar naquilo que Jesus nos disse: "Vós sois o sal da terra, e a luz do mundo" (Mateus 5, 13-14).

Se a luz ilumina, por que estamos nos apagando e, pior, ajudando aqueles que estão sem a luz a formar correntes de juízos uns contra os outros?

Jesus disse-nos em Lucas 15, 1-2 que Ele estava pronto para atender aos publicanos e aos pobres, povo que os fariseus da época abominavam. Mas Ele disse: *Eu vim para os pecadores e para os doentes*, conforme 1 Timóteo 1, 15:

> **Esta é uma palavra fiel e digna de toda a aceitação: Que Cristo Jesus veio ao mundo, para salvar os pecadores, dos quais eu "Sou o Principal".**

Lameque, o Pai da Vingança, e Jesus, o Pai do Perdão. O que é mais forte: perdoar e ser perdoado, ou vingar-se e viver em um mundo de medos e vinganças?

> E ele, respondendo, disse: Eu não fui enviado senão às ovelhas perdidas da casa de Israel.
>
> Então chegou ela, e adorou-o, dizendo: Senhor, socorre-me!
>
> Ele, porém, respondendo, disse: Não é bom pegar no pão dos filhos e deitá-lo aos cachorrinhos. (Mateus 15, 24-26).

Jesus aqui está enfatizando a necessidade de envolver vidas excluídas, machucadas e indignas; Ele veio para transformar a situação medíocre delas em vida abundante.

Jesus disse para Pedro entender a lei do Amor e do Perdão, mas isso não quer dizer que Jesus queria o "Reino d'Ele" transformado em uma bagunça. Onde os hipócritas e bandidos incluídos nessa lei simplesmente poderiam roubar, matar, destruir, estuprar ou qualquer coisa do gênero, e não ocorrer tratamento. Roubou, está perdoado, mas o sistema possui uma lei e está precisa ser respeitada, tem-se que restituir o que foi roubado.

Isso foi o que Jesus mais gostou em Zaqueu, pequei e me arrependi, mas a prova de que há arrependimento é a minha atitude a ser tomada, vou restituir quatro vezes o que tirei. (Lucas 19, 8).

É disso que estamos nos esquecendo: se estamos em Cristo Jesus e somos corpo, temos que perdoar, e permitir que Deus também trate cada pecado específico para que haja restauração.

Não é um sistema de saúde ou político, nem os Poderes Executivos, Legislativos ou Judiciários que têm destruído o povo de Deus, mas a falta de conhecimentos em Seus ensinos e em Sua vontade.

> O meu povo foi destruído, porque lhe faltou o conhecimento; porque tu rejeitaste o conhecimento, também eu te rejeitarei, para que não seja sacerdote diante de mim; e, visto que te esqueceste da lei do teu Deus, também eu me esquecerei de teus filhos. (Oséias 4, 6).
>
> Jesus, porém, respondendo, disse-lhes: Errais, não conhecendo as Escrituras, nem o poder de Deus. (Mateus 22, 29).

Se formos essa luz que ilumina, orar por cada um dos nossos que estão em cada um desses sistemas será a nossa meta, mas não fazer parte deles, pois existem luz e trevas reinando, e, se houver alianças ou unidade com isso, iremos contra o Reino de Deus e Sua justiça: e este sim é o nosso sistema de governo.

Se Ele for a inspiração para cada um dos nossos governantes, experimentaremos um grande avivamento, que é arrependimento e quebrantamento, em que todos se prostrarão diante do verdadeiro "Rei e Senhor". Pensem nisso. "Oremos". "Feliz é a nação cujo Deus é o Senhor" (Salmo 33, 12).

> **O Poder do Cordeiro de Deus e sua Cruz, E Do Cordeiro Vivo de Deus, e sua Cruz!**
>
> **E adoraram-na todos os que habitam sobre a terra, esses cujos nomes não estão escritos no livro da vida do Cordeiro que foi morto desde a fundação do mundo. (Apocalipse 13, 8).**

Uma das coisas que muitas vezes têm passado despercebidas é exatamente o poder da "Cruz". A cruz de Nosso Senhor Jesus foi o ponto máximo na terra, mas sabemos também que, antes de ser aqui que o "Cordeiro Vivo de Deus" se sacrificou por toda a humanidade, houve também um "Cordeiro de Deus" que foi sacrificado antes da "Fundação do Mundo". Romanos 12, 1-2 diz-nos:

> **Rogo-vos, pois, irmãos, pela compaixão de Deus, que apresenteis os vossos corpos em sacrifício vivo, santo e agradável a Deus, que é o vosso culto racional.**
>
> **E não sede conformados com este mundo, mas sede transformados pela renovação do vosso entendimento, para que experimenteis qual seja a boa, agradável, e perfeita vontade de Deus.**

Vemos a ignorância de alguns que, na realidade, não imaginam ou, pior, sequer entendem que o cordeiro de Deus que foi sacrificado nos céus foi uma das partes de Deus que foram roubadas, e essa parte roubada de Deus se tornou impura e "Rebelada", contaminada e suja! Por isso o interior de Deus foi saqueado e sacrificado, pois sua honra ficou totalmente maculada!

Como Deus é composto de três pessoas individuais, mas que são apenas uma na essência de Santidade e Família, elas em unidade decidiram "gerar" um plano que criaria uma imagem das três em uma semelhança unida a essa criatura que pudesse refletir a Trindade em sua essência de imagem e semelhança, para que assim aquela parte que fora tomada, saqueada e contaminada fosse restituída de forma plena.

Deus sabia exatamente de tudo quanto foi contaminado por aquilo que fora gerado no interior de sua criatura — que de alguma forma se alterou com sua essência de santidade original, e que começou a gerar uma essência de conspiração e rebelião contra o seu criador —, e permitiu que isso fosse aos poucos sendo liberado a uma parte total de sua liderança nos céus.

> **Tu eras o querubim, ungido para cobrir, e te estabeleci; no monte santo de Deus estavas no meio das pedras afogueadas andavas. Perfeito eras nos teus caminhos, desde o dia em que foste criado, até que se achou iniquidade em ti.**
>
> **Na multiplicação do teu comércio encheram o teu interior de violência, e pecaste; por isso te lancei, profanado, do monte de Deus, e te fiz perecer, ó querubim cobridor, do meio das pedras afogueadas. Elevou-se o teu coração por causa da tua formosura, corrompeste a tua sabedoria por causa do teu resplendor; por terra te lancei, diante dos reis te pus, para que olhem para ti. Pela multidão das tuas iniquidades, pela injustiça do teu comércio profanaste os teus santuários; eu, pois, fiz sair do meio de ti um fogo, que te consumiu e te tornei em cinza sobre a terra, aos olhos de todos os que te veem. (Ezequiel 28, 14-18).**

O que Deus realmente sabia é que ele havia recebido porções bem diferenciadas de beleza, sabedoria e inteligência, comparadas aos demais dos seus anjos, dos seus serafins e de sua equipe de líderes angelicais, que cuidavam de todas as constelações estelares do Universo.

Lúcifer era o responsável por transportar a Glória de Deus, estava sempre em contato com o trono do Altíssimo, sabia agradar a Deus. Deus conhecia o coração de seu querubim, e a pergunta é: Deus errou? Jamais, pois Isaías 45, 7 diz:

> **Eu formo a luz, e crio as trevas; eu faço a paz, e crio o mal; eu, o Senhor, faço todas estas coisas.**

O que, na realidade, Deus fez foi, ao transferir novas responsabilidades a Lúcifer e novos dons, transferir também novos antídotos de Poder, e esses antídotos foram todos gerados em seu interior.

Deus sabia bem o que estava fazendo ao gerar esses antídotos, mas, ao transferir para Lúcifer obter ainda mais formosura, força e poder, mesmo sabendo o que ocorreria, por que Ele o fez?

Deus é o projetor de toda a Ciência, e em seu Filho, Nosso Senhor Jesus, Ele liberou a mãe da Ciência, em que estavam as maiores revelações de tudo quanto poderia liberar para combater tudo quanto Ele estava ali gerando, para assim transferir em sua criatura angelical, mas agora o antídoto de tudo que anteriormente fora gerado estaria agora sendo gerado em seu Filho, o seu Cordeiro de Deus, ou seja, o Filho de Deus, que geraria a essência de todas as coisas para a ciência ser estabelecida! Romanos 11, 33 diz-nos:

> **Ó profundidade das riquezas, tanto da sabedoria, como da ciência de Deus! Quão insondáveis são os seus juízos, e quão inescrutáveis os seus caminhos!**

O início de tudo foi realizado, Lúcifer agora é o querubim ungido de Deus, é o aferidor, é o que transporta a Glória de Deus, mas, em sua nova essência, agora possui algo diferente em seu interior, e quer que isso possa ser visualizado. E o que faz?

Começa a chamar atenção para ele entre os demais anjos, em toda a liderança celestial angelical, em todas as esferas superiores! E por que somente nas esferas superiores? Porque Lúcifer queria ser o próprio Deus.

Mas quem disse a ele que ele poderia ser Deus? O próprio Deus! Como? Deus colocou no interior de Lúcifer a porção de tudo quanto faria dele ser exatamente o que pensava ser.

> **Porque nele vivemos, e nos movemos, e existimos; como também alguns dos vossos poetas disseram: Pois somos também sua geração. (Atos 17, 28).**
>
> **Porque, como imaginou no seu coração, assim é ele. Come e bebe, te disse ele; porém o seu coração não está contigo. (Provérbios 23, 7).**

O impressionante aqui é que Jesus, o Filho de Deus, possuía todos os mistérios existentes na Ciência, e que seria Ele quem geraria isso no primeiro homem concedendo a transferência na mente para os neurônios humanos terem a porção da sabedoria pela invenção e pela Ciência!

Satanás tinha agora o que geraria nele algo que somente o poder da ciência benéfica poderia combater, mas um projeto de nosso majestoso Deus começou a ser formado.

Deus sabia bem que sua honra que fora maculada ainda nos céus, e que um Poder de Vida diferenciada com todos os atributos teria que advir, para ser colocado naquele local que ficara vazio nos céus. Foi então que lançou profanado em uma de suas galáxias a Lúcifer juntamente com todos os que compunham uma parte dos céus, que eram a sua autoridade e liderança com tudo o que haviam recebido de Lúcifer e que os haviam contaminado!

Um vazio ficou nos céus, e, depois do tempo determinado, o próprio Deus chega ao local onde estão Lúcifer e todos os seus anjos-líderes caídos. O impressionante é que a porção ainda gerada no interior de Deus toma uma proporção em Lúcifer e outra em cada um dos seus anjos, e começam a formar um poder tão grandioso que gera caos e vazios, buracos imensos.

Deus não criou os céus para ser um caos, e menos ainda criou a terra para o ser também.

> **Porque assim diz o Senhor que tem criado os céus, o Deus que formou a terra, e a fez; ele a confirmou, não a criou vazia, mas a formou para que fosse habitada: Eu sou o Senhor e não há outro. (Isaías 45, 18).**

Quando Deus inicialmente criou os céus e todos os seus anjos em esferas variadas e diferenciadas e começou a criar todas as constelações e todos os planetas cósmicos e suas galáxias, Deus não criou nada para ser mal ou temeroso, pois Ele é um Deus bondoso e misericordioso, mas Ele criou algo que conhecia: caso fosse colocada uma mistura exata, o resultado seria exatamente oposto a tudo quanto Ele mesmo gerava.

Com tudo isso, desmitifica-se a tese de que Lúcifer tenha algum mérito em sua essência maligna ou tenha algum nível de poder próprio em sua maldade. Tudo foi desenvolvido com projetos específicos de Deus, para assim, quando esses mesmos projetos fossem concluídos, todos levariam a um resultado: a Imagem e Semelhança de Deus, mas agora totalmente perfeitos, assim como Deus é!

Mas o que isso quer dizer? Que Deus criou o mal e, sendo assim, Ele também é mal? Não! De forma alguma! Um dos atributos de Deus é "Justiça", Ele é um Deus personificado em Justiça, por ser Ele justíssimo! E a essência dessa justiça, em uma essência misturada exata, traria uma nova fórmula contrária a isso; e o Senhor Deus, o projetor de toda a Ciência e de todo o Poder, criou n'Ele mesmo essa essência já projetada de seu interior como um projeto do que Ele mesmo faria!

Deus é um juiz justo, um Deus que sente indignação todos os dias.

> **Se alguém não se arrepender, Deus afiará a sua espada; Já armou o seu arco, e tem-no pronto. Para ele já preparou os instrumentos de morte, as suas setas fazem-nas ardentes.**
>
> **Eis que o mau está com dores de iniquidade, concebe a malvadez e dá à luz a falsidade. Abriu um poço, e cavou-o, E cairá no fosso que fez.**
>
> **A sua malvadez tornará a cair sobre a sua cabeça, E sobre a sua mioleira descerá a sua violência. (Salmos 7, 11-16).**

O Cordeiro de Deus foi gerado de seu interior, pois Deus gerou a sua Santidade em seu Filho e a Ciência, o poder de tudo que poderia gerar a vida de tudo quanto poderia existir, a vida da palavra, a vida da água, a vida do fogo, a vida do sangue.

Jesus geraria a vida dos neurônios, o poder da Ciência. Para isso gerou algo que seria o oposto de tudo isso, e, ao criar um antídoto que, ao ser transferido, geraria a essência exata do que foi gerado em Lúcifer, Ele olhou e viu consumado o seu projeto, o projeto do princípio e do fim (Alfa e Ômega), e com isso Ele passou a cada processo sabendo em detalhes que tudo iria funcionar da forma como Ele mesmo projetou.

Deus é o gerador do amor, e não das paixões, as paixões são sentimentos de interesses, e estes interesses pessoais e de tal modo eles só geram um interesse por prazer pessoal, toda estas essências nocivas foram geradas com tudo que havia na terra que possuíam a porção do que o próprio mal liberou, Deus ao transferir o que ele mesmo gera, gerou a uma essência que ao ser transferido no homem, com o passar do tempo é que tudo mudou! E Por que mudou? Lembra-se da árvore?

> **Mas da árvore do conhecimento do bem e do mal, dela não comerás; porque no dia em que dela comeres, certamente morrerás. (Gênesis 2, 17).**

Deus, ao criar o homem, sabia que o homem comeria do fruto, e que a simples proibição era apenas algo que cogitaria ao seu adversário, para aguçar o desejo em uma das partes. E a qual das partes Deus sabia que Satanás iria? A Mulher! E por que a mulher, e não o homem?

Porque Deus falava com o homem todos os dias, e ele já conhecia a voz de Deus, e era completo em Deus, e Eva era apenas um dos órgãos do Homem, portanto o que de Deus havia sido transferido no homem em porções de neurônios e em porções de tudo quanto Deus havia liberado era muito maior, e Satanás queria derrubar o homem, pois, a sua meta era ser maior do que o próprio homem, e roubar o que em seu interior estava.

Como Deus é o princípio e o fim, e como Deus é o criador, Ele conhecia a mente de Lúcifer.

> **Por que quem compreendeu a mente do Senhor? Ou quem foi seu conselheiro?**
>
> **Ou quem lhe deu primeiro a ele, para que lhe seja recompensado?**
>
> **Porque dele e por ele, e para ele, são todas as coisas; glória, pois, a ele eternamente. Amém. (Romanos 11, 34-36).**

O projeto de Deus estava em andamento, Ele colocou uma árvore no Jardim com tudo quanto existia no interior do homem, e que havia sido transferido de seu interior, e do interior de seu Filho e de seu "Santo Espírito". E, para validar o que havia saído do interior de Deus para o interior de Lúcifer, era necessário que o homem comesse do fruto. E, ao desobedecer a Deus, o espírito da rebelião que estava em Lúcifer se apoderaria também do homem!

Esse era o projeto de Deus criado ainda nos céus, e do cordeiro de Deus que havia colocado uma cruz de água e fogo nos céus, pois a água que gera a vida estava em seu santuário, e de seu santuário, que vem a ser a sua essência, saía em direção à cruz, que estava ali queimando o tempo todo, pois a presença do Cordeiro de Deus é o "Fogo", o fogo abrasador. A cruz estaria ali até o momento em que Ele mesmo teria todo o sangue pronto, ou seja, o sangue do homem e de Deus unidos em uma só essência para assim a pureza e o pecado serem "Um".

> No dia seguinte, João viu Jesus, que vinha para ele, e disse: Eis o Cordeiro de Deus, que tira o pecado do mundo. (João 1, 29).
>
> Mas, a todos quantos o receberam, deu-lhes o poder de serem feitos filhos de Deus, aos que creem no seu nome; Os quais não nasceram do sangue, nem da vontade da carne, nem da vontade do homem, mas de Deus. (João 1, 12-13).

Deus é sempre fiel em cada um dos seus propósitos. Quando Ele percebe que tudo está pronto, Ele mesmo permite que Satanás adentre seu Jardim, usando uma serpente, e todo o seu plano entra em ação.

O maior propósito de nosso Deus é transferir a sua nova criatura tudo quanto Ele projetou, o bem e o mal, por intermédio da ciência, e será a ciência que agora entrará em ação! A profundidade de todas as riquezas de seus mais poderosos e infinitos mistérios da Ciência! A Ciência possui uma força sobrenatural, a força do poder da alma, pois o homem inicialmente foi criado na essência de Deus, sendo alma vivente!

Assim está também escrito: o primeiro homem, Adão, foi feito em alma vivente; o último Adão, em espírito vivificante.

> Mas não é primeiro o espiritual, senão o natural; depois o espiritual. O primeiro homem, da terra, é terreno; o segundo homem, o Senhor, é do céu. Qual o terreno, tais são também os terrestres; e, qual o celestial, tais também os celestiais. E, assim como trouxemos a imagem do terreno, assim traremos também a imagem do celestial. (1 Coríntios 15, 45-49).

Quando Deus criou a terra, Ele antes transferiu tudo quanto ele colocaria sobre ela, até mesmo a cada um dos seres vivos, sejam aquáticos, sejam terrenos ou dos ares. Ele minuciosamente criou cada essência que dariam as suas sementes, e para isso, em sua base infinita, criou os grãos de terra que seriam marcados pela vida. O que muitos não aceitam é saber que do pó da terra criou as vestimentas que seriam os corpos humanos, e para estes Ele colocou todos os mistérios da vida. Quando Jesus vai para a cruz, Ele vai com todos esses mistérios de vida, contaminados pela morte. E sobre si os recebeu para assim n'Ele transformar cada um.

Lembra-se do poder da ciência? Pois é! Por intermédio de Cristo Jesus, todas as coisas são manifestas, e é por seu poder gerador da ciência que Ele gera cada antídoto n'Ele mesmo a tudo quanto será necessário para a reversão de tudo quanto foi inicialmente contaminado pela essência criada dentro de Lúcifer, que ficou estabelecida como Rebelião.

Em cada novo ciclo de vida na terra, um novo domínio com um novo poder era estabelecido, no tempo de Ninrode (que estabeleceu que levantassem a Torre de Babel): era um nível de potestades sendo estabelecido.

Quando chegou o tempo de Moisés e dos Reis do Egito, o faraó e os demais deuses egípcios e suas tradições eram de outros níveis. Para cada novo tempo, um novo ciclo, um novo nível de potestades, para que assim se esgotassem todos os níveis transferidos ainda nos céus por Lúcifer a toda a liderança, e Deus sabia até que ponto deveria colocar aos seus enviados e profetas para assim liberar tudo quanto Ele projetou para que Jesus, o cordeiro de Deus, ao receber em si mesmo a tudo, pudesse entender bem e resistir na sua cruz.

Por isso, Jesus é o único que pode ser chamado de "o Caminho, a Verdade e a Vida", pois ninguém pode ir ao Pai senão por Ele. Disse-lhe Jesus:

> **Eu sou o caminho, e a verdade e a vida; ninguém vem ao Pai, senão por mim. Se vós me conhecêsseis a mim, também conheceríeis a meu Pai; e já desde agora o conheceis, e o tendes visto. (João 14, 6-7).**

Por Ele ser o caminho, Ele já realizou o trajeto por completo, ou seja, já o concluiu em todos os seus ângulos!

Deus projetou ter uma família numerosa, mas apenas havia liberado de seu interior algo que liberou uma continuação d'Ele, para chamar de Filho; depois isso, também liberou outra porção, que chamou de Espírito Santo, mas, depois, criou variadas formas angelicais, algumas com poderes inimagináveis para o ser humano, hoje com a mente travada por causa do pecado.

Por isso, quando liberou algo novo que seria o início de um Filho, mas, com um projeto muito forte, Ele o colocou no interior de seu anjo mais poderoso e mais adorador. Deus criaria um adorador perfeito, com tudo o que possuía, mas tinha que passar pela profundidade de todos os seus mistérios que seriam a sua profunda vocação concedida à sabedoria da Ciência, e isso havia depositado na sua parte de Filho, a sua continuidade, chamado Jesus Cristo.

Com isso, Ele sabia bem que essa parte seria com Jesus os atributos para que seu projeto de família se cumprisse. Sabedoria e capacitação sempre virão da mente de Cristo, por intermédio de Deus e de seu Espírito:

> Eu escolhi a Bezalel, filho de Uri, filho de Hur, da tribo de Judá,
>
> e o enchi do Espírito de Deus, dando-lhes destreza, habilidade e plena capacidade artística, para desenhar e executar trabalhos em ouro, prata e bronze,
>
> Para talhar e esculpir pedras, para entalhar madeira e executar todo tipo de obra artesanal. (Êxodo 31, 2-5).
>
> Porque Deus é o que opera em vós tanto o querer como o efetuar, segundo a sua boa vontade Fazei todas as coisas sem murmurações nem contendas;
>
> Para que vos torneis irrepreensíveis e sinceros, filhos de Deus imaculados no meio de uma geração corrupta e perversa, entre a qual resplandeceis como luminares no mundo, retendo a palavra da vida; para que no dia de Cristo eu tenha motivo de gloriar-me de que não foi em vão que corri nem em vão que trabalhei. (Filipenses 2, 13-16).

Quando o projeto de Deus for totalmente encerrado, os espíritos completos nele e com tudo o que por ele foi já aprovado, ele unira a estes espíritos e haverá a continuação dos casais da eternidade de Deus, que irão sim fazer parte do maior projeto de Deus, o amor em adoração ao Único Deus Imutável, real e fiel aos seus princípios.

Mesmo que o adversário tente fazer de tudo para atrapalhar que tudo quanto faça parte do projeto de Deus ocorra, na realidade uma parte já foi realizada, como alguns que foram ressuscitados na primeira fase do arrebatamento, quando Jesus foi buscá-los nas alas infernais, como segue a palavra:

> E eis que o véu do templo se rasgou em dois, de alto a baixo; e tremeu a terra, e fenderam-se as pedras; E abriram-se os sepulcros, e muitos corpos de santos que dormiam foram ressuscitados; E, saindo dos sepulcros, depois da ressurreição dele, entraram na cidade santa, e apareceram a muitos. (Mateus 27, 51-53).

Então Deus poderia encerrar tudo, e pronto, já que muitos de seus filhos já estão em perfeita sintonia com Ele, não é? Não! Deus criou todos os espíritos juntos, os masculinos com a porção feminina, e muitos não se encontraram na terra, mas foram para os céus, e na eternidade se encontrarão, por terem, mesmo que separados, cumprido o projeto da Eternidade de Deus.

Como também, quando são necessários, Deus envia os espíritos masculinos e os femininos juntos, na mesma época; mesmo que em nações, estados ou cidades separadas, na hora de Deus, mesmo que seja no meio ou no fim de suas missões, encontrar-se--ão e unir-se-ão e, unidos, liberarão o que Deus criou para aquele casal que é a sua imagem na terra.

Esse foi o caso da Rainha de Sabá e de Salomão. Eles precisavam se encontrar e ter um filho, para que a unidade deles pudesse na eternidade receber o que Deus já havia projetado neles para ser liberado na terra.

> Ou quem lhe deu primeiro a ele, para que lhe seja recompensado? Porque dele e por ele, e para ele, são todas as coisas; glória, pois, a ele eternamente. Amém. (Romanos 11, 35-36).
>
> Tendo por certo isto mesmo, que aquele que em vós começou a boa obra a aperfeiçoará até ao dia de Jesus Cristo. (Filipenses 1, 6).

A MANIFESTAÇÃO DO PERFEITO AMOR DE DEUS EM CADA UM DE SEUS FILHOS!

Atraí-os com cordas humanas, com cordas de amor, e fui para eles como os que tiram o jugo de sobre as suas queixadas; e lhes dei mantimento. (Oséias 11, 4).

Todas as vezes que passo por esse trecho desse capítulo de Oséias e medito nessa palavra, percebo quanto estamos distantes de querermos ser parecidos com Deus em amor.

Ele, mesmo olhando para cada um de seus filhos tão fragilizados por suas dores e traumas, além de pecados e iniquidades, e na maioria das vezes sempre culpando a Deus por cada uma dessas coisas, mesmo com tudo isso, Ele nos envolve com cordas de amor, pois, caso essas cordas não viessem a nos envolver, cairíamos no mais profundo abismo de morte e perdição!

Quanto amor todos os dias nos é liberado, enquanto somos vítimas de tantos laços que nos envolvem o tempo todo; e, quando esses mesmos laços já estão prontos para nos puxar para baixo e nos lançar no mais vil dos lamaçais de perdição e imundícia, o amor de Deus fala mais alto e suas cordas, em cada um de nós, elas nos puxam e nos resgatam, e isso sim é a real causa de nossa destruição não ser consumada!

Temos analisado em sentimentos fragilizados ou dependência emocional destas águas misturadas entre amor perfeito e amor contaminado pelo medo e pelo pecado. Cada vez aumenta até mesmo em ministérios e em lideranças

Um caso bem comum é alguém dizer: "Não sei viver sem você, como você é importante para mim, quanto aprendo contigo, quanto você é especial e inteligente, quanto de Deus você possui". Isso para o ego é algo muito forte, mas e se quem ouvir não estiver firme o bastante em Deus para diluir tudo com espiritualidade madura? Ocorre o mesmo com Oséias: ele estava maduro, mas sua nova esposa, totalmente dependente de algo imoral e imaturo.

Quando nos arrependemos de cada atitude errada e reconhecemos que não por nós — jamais será —, mas por Deus e por seu imensurável amor é que não somos destruídos nem consumidos por nossas próprias vontades; só quando realmente reconhecermos isso, é que começaremos a analisar quão grande e poderoso é Deus e quão miseráveis e desprezíveis em sentimentos e reações somos cada um de nós!

Quantas vezes achamos, por própria vaidade, que são nossas atitudes de oração ou fé, clamor, petições pela presença, e tantas ações religiosas que muitas vezes temos, que farão grandes manifestações da graça redentora de Deus acontecer em nossa vida.

Pela graça sois salvos, por intermédio da fé e isso não provém de vós, e dom de Deus. (Efésios 2, 8).

Jamais seria isso, pois, por mais que possamos nos esforçar em tudo isso e sermos, segundo nossa visão, até perfeitos em cada uma dessas nossas atitudes, ainda somos carnais, humanos e falhos, mas o perfeito e ressurreto, o poderoso em amor e paz é o Nosso Deus e Pai.

Ele, sim, pode trazer os seus laços de amor eterno e perfeito.

As suas grandes misericórdias é que são as reais causas de não sermos consumidos ou destruídos. (Lamentações 3, 22).

Quer um exemplo? Quando alguém nos causa algum tipo de dano, imediatamente o que sentimos? Coisas boas ou ruins? Sempre ao pensar nisso analiso as reações de Deus com cada um de nós, que apresentamos coisas más e atitudes ruins a Ele e Ele nos envolve em seu amor, e isso até nos constrange, pois Ele nos concede o que Ele gera n'Ele mesmo, e nós somos geradores de pecado, por isso sempre concedemos em primeiro lugar o que temos.

É preciso entender que a graça redentora é o real reconhecimento de quem é Jesus, o pleno esvaziar-se de nossas próprias qualidades de conquistas. Quando o ladrão da cruz reconheceu quem ele era e quem era Jesus, imediatamente Jesus o tomou para si em sua morte, para lhe conceder a vida de seu Espírito, que seria a vida eterna. Caso não reconheçamos quem é Jesus, e sim as nossas boas e grandes qualidades ou atitudes, e Jesus apenas um mantenedor delas, e não o Senhor e Salvador de tudo em nós, com certeza perderemos a eternidade d'Ele que nos foi liberada em nosso coração.

> **Tudo fez formoso em seu tempo; também pôs o mundo no coração do homem, sem que este possa descobrir a obra que Deus fez desde o princípio até ao fim. (Eclesiastes 3, 11).**

O Amor de Cristo realmente sempre nos constrangerá (2 Coríntios 5, 14). Exatamente porque foi por amor que Ele mesmo levou cativo o nosso cativeiro, e, por mais que possamos fazer os nossos compromissos religiosos ocorrerem sem reconhecer essa tão grandiosa atitude, seremos apenas fariseus ou saduceus religiosos e cheios de dogmas ou costumes concentrados no próprio eu, e isso com certeza vai cair, mas Jesus Cristo sempre permanecerá, o verbo vivo que se fez carne, pois:

> **Os céus e a terra passaram, mas as minhas palavras jamais hão de passar! (Mateus 24, 35).**

"Deixe-o te envolver também em laços de amor Eterno". (Oséias 11-4).

Outro exemplo real de manipulação pelo oposto de tudo quanto Deus gera é de pessoas que manipulam outras por algo que agrada, para que assim não sejam confrontadas, e sim confortadas dentro de tudo quanto querem continuar realizando.

Muitas vezes é comum alguém tentar envolver pessoas que possam até mesmo confrontá-las em algo que ainda não estejam preparadas para se desligarem ou deixar algumas práticas, e tentam distrair quem iria confrontá-las com objetos de interesses ou presentes, para assim permanecerem como estão.

Exemplo: a pessoa veste-se com uma aparência muito elegante e social, mas para agradar a um relacionamento que quer aprisionar e agradar para manipular, ou a pessoa chega ao ponto de ser totalmente modificada em sua essência na aparência de social para uma veste totalmente hippie.

Outra coisa muito séria são problemas emocionais ou a dependência emocional, que tira em alguns casos a transparência, pois a pessoa tem dificuldade em falar a verdade, e sempre engole seco o que quase quer expor para fora; pensa que, caso diga algo, será confrontada e isso será prejudicial, engole seco, para não expor aquilo que realmente sente ou pensa.

Ou também outra coisa: gerar culpas ou ameaças valendo-se de palavras "liberadas" como: "Caso você realmente me amasse, você jamais me deixaria sozinha e sairia para um lugar a que você sabe que eu jamais iria, nem mesmo gostaria de estar ali".

Uma esposa resolve tirar sua habilitação, mas, o marido, querendo ter posse e controle da vida de sua esposa, logo argumenta "Você está louca? Como assim dirigir sozinha? Eu te levo", afirmando "Fique tranquila, eu faço tudo por você", ou "Por que você quer ser independente? Arrumou outro?"

Dependência emocional sempre será bem difícil romper, e por quê?

Porque é prazerosa. Como por exemplo, o adultério, a traição, são coisas contrarias aos mandamentos de Deus, como são armas letais contra o emocional de quem será atingido como também ser algo errado, exatamente por um nível de prisão emocional contra alguém que será atingido na parte nociva de um relacionamento, e por quê? Porque tem um determinado prazer, e como também aquilo passa a ter um ato de submissão, exatamente pelas migalhas de amor ou prazer que os dois aprisionados sentem.

Liberdade real é saber sobre algo que ocorreu, ocorreu, sim, mas não ocorre mais, e não me aprisiona mais, porque a afirmação hoje se torna outra, como poder dizer: "Fui curada e restaurada totalmente".

> **Porque nada podemos contra a verdade, senão pela verdade. (2 Coríntios 13, 8).**

Algo que somente Deus pode preencher, e caso não seja preenchido pelo próprio Deus, serão laços de engano, ou tudo quanto traga tristezas e vazios profundos, imagine quando você perca um pedaço de um encaixe perfeito, não funcionara como antes. Deus quer ser o que em tudo nos aperfeiçoa.

> **Já estou crucificado com Cristo; e vivo não mais eu, mas Cristo vive em mim; e a vida que agora vivo na carne, vivo-a pela fé do Filho de Deus, o**

> **qual me amou, e se entregou a si mesmo por mim. (Gálatas 2, 20).**
>
> **Aos qual Deus quis fazer conhecer quais são as riquezas da glória deste mistério entre os gentios, que é Cristo em vós, esperança da glória. (Colossenses 1, 27).**

Ao contrário de um dependente emocional, que é totalmente egocêntrico, pois somente pensa em tudo quanto lhe será bom e que tudo virá ao seu encontro segundo o que precisa e requer, jamais naquilo que possa ser bom para o outro.

Por isso Cristo nos confronta, quando nos diz, e assim nos ensina a sermos novos com pensamentos opostos a tudo quanto embora seja o mais adaptável obtermos e realizarmos, não seja segundo nossa vida espiritual no amor de Deus que nos impulsionara a seguirmos de formas melhores.

Isso confronta qualquer pessoa dependente de tudo quanto governa ou domina.

A GRANDE TRANSFORMAÇÃO INICIA-SE EM UM LOCAL ESCONDIDO E PROFUNDO!

> E, quando Jesus tomou o vinagre, disse: Está consumado.
> E inclinando a cabeça, entregou o espírito.
> (João 19, 30).

Sabemos bem como pode ser difícil, em alguns momentos ou períodos de nossa vida, entendermos profundamente as coisas que estamos vivendo; e, pior, além de não entendermos, não podermos modificá-las.

Jesus tomou sobre o seu corpo toda a essência dos mistérios de cada pecado existente desde o primeiro momento em que Ele se originou, ainda nas alas celestiais, até o momento da transferência do pecado para a imagem e semelhança de Deus na parte feminina que não conhecia o Senhor Deus, ou seja, Eva.

Quando Satanás, ainda no céu, criou em seu interior a essência do Pecado, chamado rebelião contra Deus, nessa essência também criou tudo que estaria ligado a ele, como o ódio e seus derivados, todos os tipos de poder de sedução ou sensualidade e o poder de atrofias.

Jesus, agora com sede, pede água, e por ironia o que recebe é vinagre. Sabemos que a uva, quando fermentada, é transformada em uma bebida até mesmo agradável, mas até essa bebida agradável tem seu período de duração.

Logo essa bebida chamada vinho é transformada em vinagre e perde novamente a sua essência, gerando com um novo aroma, bem azedo e impossível de ser consumido da mesma forma que antes, como vinho.

Jesus disse "Pai, está consumado, já tomei o vinagre, ou seja, já recebi todo o pecado; quando o Senhor criou um ser angelical perfeito e cheio de suas qualidades, também não o criou para criar ou formar em seu interior algo tão mal e intragável".

Jesus Cristo ao receber muitos mistérios humanos em seu corpo físico, na própria Cruz, por ser perfeito sem falhas ou pecados pode transferir ao seu Pai alguns mistérios que foram recebidos e ordenados pelo próprio Deus e Pai, os quais ao repassar ao seu filho, ali somente Jesus entenderia. Como transferir a Deus as seguintes palavras, Pai eu já recebi o verdadeiro gosto da transformação do bem em mal, agora eu entrego o meu espírito a ti, para que juntos façamos aquilo que o Senhor tem para concluir!

Quando o Espírito de Jesus é entregue ao seu Pai, o seu corpo é vencido pela morte; cara a cara com o grande potencial que o ódio havia criado, Ele recebe em si mesmo essa tão poderosa força, para assim, por meio do grande amor de seu Pai e Nosso Deus, que já estava sendo preparado para ser totalmente transferido.

Na parte física, os soldados que faziam do sábado um verdadeiro deus estavam ali desesperados para quebrar as pernas dos réus da cruz, para assim morrerem rápido.

Quando olham para Jesus e o veem morto, imediatamente para o confirmarem, passam a lança e penetram-na no coração de Jesus. Imediatamente rasgam o coração de Jesus, fazendo sair dele água e sangue.

Tudo se iniciou com a água que havia na terra; o Espírito de Deus, ao vir e iniciar seu processo com a terra, Ele pairava sobre essa água, Ele transferiu a essas águas muitos mistérios. Um deles foi a essência da vida.

Quando Deus inicia o processo na costela retirada de Adão para assim criar a Eva, Deus utilizaria esse mesmo processo original de transferência de vida na água, e colocá-lo-á no interior da criação feminina chamada Eva, pois, ao criar a parte feminina, Ele criou o útero que geraria a vida de todos os seus filhos.

Ao ser alterado esse útero com a transferência do pecado pela desobediência, Eva começou a gerar todos os seus filhos já contaminados com o pecado.

Agora Jesus limpa a fonte de águas que eram para morte e, vencendo a morte, limpa essa fonte, tornando-se água viva.

Ao mesmo tempo, com o coração rasgado, também verte sangue, o poder da vida no coração; todas as vezes que o espírito era retirado do corpo, havia morte, mas agora Jesus vencera a morte do coração, para assim vencer a iniquidade que é o pecado do ódio, que são os sentimentos que matam o coração.

Realizando isso dessa forma, Jesus pôde nos restaurar concedendo o maior poder existente: o Poder do Perdão!

O Vinagre é transformado, por incrível que pareça, em água viva, pelo potencial restaurador do Vinho, sendo Jesus a videira verdadeira, e esse vinho agora novo por meio do poder do amor!

Por isso, os mistérios em que o próprio Senhor Jesus, ao transformar água em vinho, agora na cruz toma o vinagre, que é o vinho azedo, e transforma-o em água, mas não qualquer água, e sim água viva.

Jesus restaura a água, o sangue, a vida e transforma o ódio em amor, e tem o potencial de receber o infinito amor do Pai em si mesmo para ressuscitar cada um de nossos pecados com Ele, e assim nos trazer a vida abundante e a vida do coração como o Pai da Eternidade, a vida eterna com Ele mesmo!

"Eu vim para que tenham vida, e vida em abundância".

A MISERICÓRDIA ORIGINA-SE NO AMOR E TERMINA NA GRAÇA!

> Mas Deus que é riquíssimo em misericórdia, pelo seu muito amor com que nos amou, estando nós ainda mortos em ofensas nos vivificou juntamente com Cristo (Pela graça sois salvos).
> (Efésios 2, 4-5).

Analisando profundamente esse contexto de amor e misericórdia, Deus transfere-me algo que fico realmente extasiada de sentir: quanto Deus pode ser um gerador de tão grandioso amor.

Quando Adão ainda estava no Paraíso, caminhando entre as flores, as roseiras, com certeza ele percebia quanto cada uma delas era maravilhosa e que beleza estonteante cada uma delas possuía, além dos seus deliciosos e diferenciados perfumes.

Deus permitiu que Adão pudesse experimentar cada situação para ele nova desse tão lindo jardim, que chamava de lar, até o momento em que decidiu experimentar algo contrário às ordenanças de seu Pai, criador, Senhor e Deus de sua vida.

Até ali o governo físico e espiritual era pertencente a Adão que juntamente unido a Deus governava.

De repente Adão olha para sua esposa, já toda contaminada com outra essência, e deseja ter essa mesma essência, quer saber de sua esposa Eva como.

Quando ela diz a origem, ele nem questiona aquilo que recebera como ordenança de seu Deus e Senhor, apenas aceita pela simples curiosidade de sentir o que aquela sensação lhe poderá proporcionar.

Isso porque o fruto proibido concedeu sobre o corpo de Eva um novo potencial que Adão ainda não conhecia, e foi envolvido para que também pudesse ter uma necessidade grandiosa em conhecer o que Eva também pelo fruto experimentou

Analisando por esse ângulo, cada pecado possui um responsável, ou demônio, que sustenta por meio da manipulação, que também vem a ser chamado de prisão espiritual ou feitiçaria.

Deus não o impede, pois Deus sabe que nesse momento todas as flores receberão um novo aroma, uma nova tonalidade, agora não mais a da pureza, mas a do pecado.

> **Como disse Deus a Adão, Por sua causa a Terra será maldita. (Gênesis 3, 17).**

Todos os homens e mulheres agora gerados nas entranhas de Eva, com sua semente e a semente de Adão, possuem a transferência da maldição, que é a morte.

Como igualmente também árvores, todos os frutos e tudo sobre a terra possui agora a morte. Por isso, tudo precisa pagar o preço dessa transferência, até o momento em que Jesus recebe em sua cabeça uma coroa; parece coincidência, mas não é, não, uma coroa de "espinhos".

Jesus agora cobre cada um desses espinhos com o seu precioso sangue, com um gesto cheio de amor e misericórdia. Ele diz: "Papai, eu estou recobrando a sua honra, a sua dignidade e o seu governo". "Papai, agora o que foi inicialmente coberto com morte eu pago com vida e cubro com a vida abundante e a vida eterna; agora, além de seu amor em meu sangue transferido, tem também a graça, o perdão, que cobre a multidão de dívidas ou pecados!"

> **Mas, sobretudo, tende ardente amor uns para com os outros; porque o amor cobrirá a multidão de pecados. (1 Pedro 4, 8).**

Cada gota do sangue de Jesus nesse momento glorioso recebe o poder do amor de Deus a Jesus transferido, para que, com o poder desse amor e o poder da pureza desse sangue, a graça redentora seja nesse instante manifesta na terra e nos céus!

> **E que, havendo por ele feito a paz pelo sangue da sua cruz, por meio dele reconciliasse consigo mesmo todas as coisas, tanto as que estão na terra, como as que estão nos céus. (Colossenses 1, 20).**

Jesus está dizendo: "Assim como Adão transferiu morte aos espinhos e ao jardim inicial, eu agora transfiro o que tenho".

Adão recebeu todo o amor e pureza que saiu do interior do Pai, e Adão transferiu isso ao jardim, mas, quando recebeu a essência da rebelião e do pecado nele, não pôde estancar isso nele mesmo. Mas agora Jesus diz: "Chegou a hora, meu irmão, agora você será honrado pela desonra do engano; eu posso agora fazer o que você pelo seu lado humano e limitado não pode".

Como Deus em Espírito, Jesus tomou sobre si o pecado e a morte; e, diferentemente de Adão, que não pôde esmagar isso em si, Jesus pode, e com isso nos trouxe o poder da graça redentora, e é essa graça que nos favorece hoje para vencermos novamente todos os dias esse tão forte e escandaloso pecado.

Por meio de tão precioso amor e tão nobre misericórdia, podemos manifestar os sentimentos de Deus que são as suas misericórdias todos os dias em todo o tempo para com os nossos irmãos.

Já que estamos recebendo o que Jesus através de sua pureza e do amor de seu Pai pode gerar nele e a nós pode transferir, podemos também continuar nesse ciclo de transferência de amor e misericórdia.

Só podemos continuar neste ciclo de amor caso estejamos entronizados e recebendo o que dele vem.

Poderemos apenas abastecer os nossos irmãos exatamente com aquilo que também em nós mesmos tivermos, amor e misericórdia doados pelo imensurável amor de Deus por meio de seu Filho, Nosso Senhor e Salvador Jesus Cristo.

Sem isso, é dependência da sensualidade ou da alma, emocional, gerada em Eva, a rainha dos céus que gerou o pecado e a morte.

> **Saber que está perdoado de todos os seus pecados dá a você o poder de reinar sobre cada hábito destrutivo e viver uma vida de vitória. (Romanos 8-1).**

Nisso, tudo o que seja o natural ou pecaminoso em Cristo Jesus seja liberado e ativado de forma intensa e que o coloque sobretudo em Justiça de Deus.

> **Àquele que não conheceu pecado, o fez pecado por nós; para que nele fôssemos feitos justiça de Deus. (2 Coríntios 5, 21).**

A DIFICULDADE DE NOSSA ALMA EM QUERER ESQUECER-SE DA DOR!

> **Irmãos, quanto a mim, não julgo que o haja alcançado; mas uma coisa faço, e é que, esquecendo-me das coisas que atrás ficam e avançando para as que estão diante de mim, prossigo para o alvo, pelo prêmio da Soberana vocação de Deus em Cristo Jesus.**
> **(Filipenses 3, 13-14).**

Permita-me lhe dizer algo neste momento: assim como tenho confrontado em primeiro lugar a mim mesma, creio que também o fará em você, e é quanto nós temos nos apegado às nossas mais terríveis dores! Por que fazemos isso? Em primeiro lugar, as lembranças sempre, mesmo que não possamos admitir, elas o tempo todo estão nos rodeando, exatamente porque de alguma forma a nossa alma precisa ser alimentada por cada uma delas!

Outro ponto: além de nossa alma ser alimentada por lembranças, em sua maioria, sempre metódicas ou tristes, nós também sentiremos profundamente cada ponto de nossa dor por causa do trauma vivido, e vamos vivê-lo mais uma e mais uma, e novamente outra vez, simplesmente por um fator, qual seja, queremos verificar se em algum daqueles instantes poderíamos encontrar algum ponto em que poderíamos mudar tudo o que ocorreu e como ocorreu!

Infelizmente, a construção ficará parada em nossa vida enquanto não entendermos que aquele ponto não poderá ser modificado e que a dor terá que ser transformada em uma cicatriz; renunciar à dor será o primeiro passo para prosseguir ao outro passo; pois será nesse outro passo a ser dado que o ensino será transferido e a construção naquela área de sua vida será concedida!

O Apóstolo Paulo disse — não que ainda já o tenha conseguido, pois ele estava em construções diárias por ser como cada um de nós, uma pessoa humana, dotada de falhas e erros, acertos e quantas coisas contrárias as que ele acreditava e queria "O bem que quero fazer, este não faço, mas o mal que não quero, este o faço constantemente" (Romanos 7-19), isso sempre era uma de suas palavras a Deus!

O mal que muitas vezes fazemos é exatamente tentar lembrar nossos erros e falhas e ainda cutucá-los cada vez mais intensamente; e pior: viver algo morto, pois o ontem já não existe mais; e, como não existe, é passado; é pior estarmos em territórios de morte, pois ela nos envolverá cada vez mais.

Por esse motivo, cada vez que vamos até o local da dor sem ser para encontrar a possibilidade da cura, mas algo para nos confrontar e dizer "Nesse ponto poderia ter evitado isso", enquanto fizermos isso, a dor crescerá e atrasaremos todas as nossas possibilidades de crescimento cada vez mais, e atrasados, sem cura, adoeceremos mais e mais!

Prosseguir para o alvo da verdadeira vocação que nos foi apresentada é crer que Jesus, ao morrer com cada uma das nossas iniquidades e pecados, que são todas as nossas dores ou causas negativas delas, ao ressuscitar, Jesus ressuscitou já com a cura, e n'Ele podemos ser curados, caso possamos reconhecê-lo como o Nosso Deus e Senhor: assim não serão as nossas dores a direção de nossa vida, mas apenas os nossos aprendizados; a direção será Jesus nos conduzindo; e, de cada uma de nossas dores que Ele receber de nossas mãos, vai nos transferir ao perdão por meio de seu amor, e esse amor será transformado em nós como o perdão e a autoridade sobre cada iniquidade e pecado.

> **Irmãos, não penso que eu mesmo já o tenha alcançado, mas uma coisa faço: esquecendo-me das coisas que ficaram para trás e avançando para as que estão adiante, prossigo para o alvo, a fim de ganhar o prêmio do chamado celestial de Deus em Cristo Jesus. (Filipenses 3, 13-14).**

Por que o silêncio de Deus nos causa tanta dor?

Sabemos que Deus pede algo novo para Abraão, algo que ele jamais imaginou que Deus poderia fazer.

> **E disse: Toma agora o teu filho, o teu único filho, Isaque, a quem amas, e vai-te à terra de Moriá, e oferece-o ali em holocausto sobre uma das montanhas, que eu te direi. (Gênesis 22, 2).**

Deus já sabia que Abraão era capaz de sacrificar seu filho, mas, se sabia, então por que Deus pediu para que ele assim o fizesse?

Porque Deus é onisciente, o que quer dizer que sabe de todas as coisas, mas, se sabe, e se sabia que Abrão também não negaria seu filho, por que então pediu algo tão difícil e tão dolorido pra Abraão?

Pediu para mostrar quanto dele Abraão já possuía de diferente do que terá seu pai, tinha de Marduk, o deus mesopotâmico, e assim o próprio diabo também reconheceria que Abraão pertencia a Deus, e não mais aos deuses do inferno.

Abraão era agora amigo íntimo de Deus, mas teve que resistir o silêncio de Deus, e isso doeu profundamente nele porque Deus estava mostrando onde sua dependência emocional estava firmada, nele, e não mais no Pai, e menos ainda nos deuses do Pai, como também nem em Sara, sua esposa amada.

Um ponto muito importante na base principal é a fé, e, seguindo nesse ponto, onde colocarmos a nossa fé, tudo quanto nesta for solidificada será também ativado algo novo:

> **Para que o Deus de nosso Senhor Jesus Cristo, o Pai da glória, vos dê em seu conhecimento o espírito de sabedoria e de revelação; Tendo iluminados os olhos do vosso entendimento, para que saibais qual seja a esperança da sua vocação, e quais as riquezas da glória da sua herança nos santos; E qual a sobre-excelente grandeza do seu poder sobre nós, os que cremos, segundo a operação da força do seu poder, Que manifestou em Cristo, ressuscitando-o dentre os mortos, e pondo-o à sua direita nos céus, Acima de todo o principado, e poder, e potestade, e domínio, e de todo o nome que se nomeia, não só neste século, mas também no vindouro; E sujeitou todas as coisas a seus pés, e sobre todas as coisas o constituiu como cabeça da igreja, Que é o seu corpo, a plenitude daquele que cumpre tudo em todos. (Efésios 1, 17-23).**

O ESPÍRITO DE SABEDORIA E REVELAÇÃO TRARÁ TODA A MUDANÇA

Analisamos que todos os pontos eles são estabelecidos por meio dos dons do espírito e estes serão liberados, caso o Espírito da verdade esteja firmado e aliançado por meio do novo nascimento em Cristo Jesus, o Senhor e o autor e consumador de nossa fé.

> Olhando para Jesus, autor e consumador da fé, o qual, pelo gozo que lhe estava proposto, suportou a cruz, desprezando a afronta, e assentou-se à destra do trono de Deus. Considerai, pois, aquele que suportou tais contradições dos pecadores contra si mesmo, para que não enfraqueçais, desfalecendo em vossos ânimos.
>
> Ainda não resististes até ao sangue, combatendo contra o pecado. (Hebreus 12, 2-4).

Autoria é o autor, ou seja, o dono da consumação, da fé, por meio dos dons espirituais, ou seja, o dom da fé que vem do Santo Espírito somente poderá ser alinhado e ativado por meio do novo nascimento, o que quebra a religião ou dependência emocional de todos os contextos, sejam eles quais forem.

Somente na nova vida, a vida de Deus, poderemos ter acesso a todas as senhas dos céus.

> E a outro, pelo mesmo Espírito, a fé; e a outro, pelo mesmo Espírito, os dons de curar; E a outro a operação de maravilhas; e a outro a profecia; e a outro o dom de discernir os espíritos; e a outro a variedade de línguas; e a outro a interpretação das línguas. Mas um só e o mesmo Espírito operam todas estas coisas, repartindo particularmente a cada um como quer. Porque, assim como o corpo é um, e tem muitos membros, e todos os membros, sendo muitos, são um só corpo, assim é Cristo também. (1 Coríntios 12, 9-12).

Os dons espirituais trazem a força no espírito alinhado ao Espírito Santo, e o espírito da verdade somente poderá estar aliançado ao autor, Jesus Cristo, que traz toda a legalidade e as ativações para que o Santo Espírito possa agir da forma correta, sem interferências humanas e religiosas.

Outro detalhe: Poder de Decisão chamado Livre-Arbítrio para você existe?

> **Já estou crucificado com Cristo; e vivo não mais eu, Mas Cristo vive em mim; e a vida que agora vivo na carne, vivo-a na fé do Filho de Deus, o qual me amou e se entregou a si mesmo por mim. (Gálatas 2, 20).**

Muitas pessoas ousam ainda dizer que, quando estamos na dependência total do Filho de Deus — o que recebeu gratuitamente cada um de nossos pecados em si mesmo, e os meus pecados cada um deles o feriu com ferida de morte, para que hoje eu pudesse ter a vida abundante de um filho de Deus resgatado —, podemos assim ter comunhão novamente com o Pai!

Muitos acham que, mesmo assim, ainda têm o poder de decisão chamado livre-arbítrio.

Como em minha opinião irei viver a vida que Cristo ao morrer naquela cruz, venceu cada uma de minhas falhas e limitações como também pecados e dores as mais fortes e profundas, e a cada um de meus mais escandalosos pecados!

A vida que vivo em minha carne hoje já não mais vive por mim, mas vivo na fé de que todos os meus passos são direcionados pela boa, perfeita e agradável vontade de Deus, conforme Romanos 12, 2 nos diz ser a sua vontade.

Logo, se Ele foi crucificado com os meus mais vis e cruéis pecados e iniquidades, quando ao ressuscitar também ressuscitei com ele, então estou vivo por sua causa e por sua morte e ressurreição; sendo assim, vivo a vida perfeita de Deus em mim; e, sendo assim, não é mais o meu poder de escolhas, e sim os seus desejos vivendo em mim e crescendo em mim que passam a existir.

Quando falamos de livre-arbítrio, ou poder de decisão, podemos até pensar antes de nascermos para a vida espiritual com Cristo Jesus, quando escolhemos beber ou fumar, ou mesmo com uma faculdade ou uma função a ser realizada, mas, quando colocamos os nossos sonhos para vivermos os sonhos de Deus, entenderemos que seus caminhos são melhores do que os nossos, como também perfeitos:

> **"Porque os meus pensamentos não são os vossos pensamentos, nem os vossos caminhos, os meus caminhos diz o Senhor".**
>
> **Porque assim como os céus são mais altos do que a terra, assim são os meus caminhos mais altos do que os vossos caminhos, e os meus pensamentos mais altos do que os vossos pensamentos. (Isaías 55, 8-9).**

Os pensamentos de Deus sempre foi e sempre serão melhores do que os nossos, pois jamais foram contaminados, e Jesus quando Ele tomou sobre si todos os pecados criados do primeiro ao último, incluindo aqueles que ainda nem cometemos, Ele também vivenciou n'Ele mesmo antes de matá-los na sua crucificação, por isso ele é o Isaque de Deus, como diz em Gálatas 3, 14:

> **Para que a benção de Abraão chegasse aos gentios, por Jesus Cristo, e para que pela fé nós recebamos a promessa do Espírito.**

Recebemos a promessa do Espírito Santo de Deus em nós, de que Ele, por meio de Jesus, de seu sacrifício, pudesse ter novamente acesso ao nosso espírito, mesmo estando em corpo mortal e pecador, mas, como esse sangue purificador nos purifica por meio da vida de Cristo em nós, e através de sua presença, nos trazer a sua vontade perfeita e materializá-la.

> **"Eu é que sei os pensamentos que penso de vós, diz o Senhor; pensamentos de paz, e não de mal, para vos dar o fim que esperais". (Jeremias 29, 11).**

Isso é tremendo, pois até mesmo aquilo que nós queremos no fim conquistar nem sabemos como fazer, e sim o Senhor é que sabe, pois criou-nos e conhece a nossa essência original e as nossas necessidades, por isso, quando optamos por Ele, Ele é quem tomará as rédeas perfeitas da forma perfeita de tudo para cada um de seus amados filhos! Só possuímos o livre-arbítrio por receber ou não o sacrifício vivo de Jesus, e quando optamos por Ele, já não mais vivemos, mas Ele é quem vive em nós, e como diz:

> **Porque Deus é o que opera em vós tanto o querer como o efetuar, segundo a sua boa vontade. (Filipenses 2, 13).**

Sendo assim, até as nossas vontades, se Ele não as colocar quando Ele já está no controle, não as teremos, pois, quando em nosso coração está a paz, Ele já está confirmando a sua boa e perfeita, além de agradável, vontade (!), seguindo sempre dependendo da visão em Cristo Jesus, nascidos nos mistérios de sua nova vida.

A GRANDE DIFERENÇA EM ESTAR EM CRISTO, ANDAR EM CARNE E NO ESPÍRITO

> **Portanto agora, nenhuma condenação há para os que Estão em Cristo Jesus, que não andam segundo a carne, mas segundo o espírito.**
> **(Romanos 8, 1).**

Podemos até não entender esta palavra: como realmente poderemos estar em Cristo? Estamos em nossas sensibilidades carnais, como sentir fome o tempo todo, sede, frio, dores em algumas localidades de nosso corpo. Como estar em Cristo?

Cristo é o ungido de Deus. Quando Ele derramou até a sua última gota de sangue que é a sua vida, doou a oportunidade de também vivermos sem as acusações das dores da carne.

Estar em Cristo representa estar na unção da conquista de Cristo Jesus, que doou seu sangue e sentiu todas as nossas dores e enfermidades. E, quando sentimos esse grandioso amor nos sendo revelado pela sua unção que despedaça todo o jugo de nossos pecados e iniquidades, então nesse momento podemos entender a grande diferença de estarmos em nós em carne e estarmos n'Ele em espírito e em verdade.

> **Porque a lei do Espírito de vida, em Cristo Jesus, me livrou da lei do pecado e da morte. (Romanos 8, 2).**

Livrou-nos em vida de toda a ação negativa da culpa pela ação do pecado. Todas as vezes que cometemos um determinado delito, seja em que essência for, ocorre um determinado remorso ou uma ação de culpa.

Essa culpa, mesmo quando erramos, esse erro, transforma-se em ensino, e Nosso Senhor liberta-nos da injustiça das consequências negativas da iniquidade que são os sentimentos das emoções negativas; isso se confessado e houver profundamente arrependimento, pois existem pessoas que passam uma vida, ou muitos anos, vivendo no ponto da culpa daquele determinado tempo, em prisões por causa daquele determinado erro.

Essa é a lei do Espírito de Vida, que existe pelo amor gerado nas entranhas de Jesus Cristo, pela unção recebida de seu Pai e transferida ao seu sangue inocente e puro, sem nenhum pecado; somente por meio disso, por não ocorrer nenhum pecado no sangue de Jesus, por seu comportamento justo e puro, Ele pode transferir ao seu sangue tudo aquilo que seriam os antídotos de cada uma de nossas curas para todas as nossas enfermidades. As quais são os diversos tipos de morte em algumas áreas e a morte eterna, pior ainda: a perda da salvação, que é o aborto da Eternidade de Deus em nosso coração.

Como abortar a Eternidade de Deus em nossos corações: Quando o ladrão na cruz olhando para Jesus entendeu que aquele homem tão sofrido, mas, ao mesmo tempo tão Santo estava gerando o amor, por causa de sua inocência e o admirou, Jesus sentiu sua fome de justiça e de purificação através da cura, não mais para o seu corpo já desfalecendo, mas, para o seu corpo eterno, que foi o seu espírito imortal.

Jesus entendeu que aquele ladrão, tão pecador, reconheceu em Jesus o amor e a salvação, e desejou isso em seu coração e em seu espírito eterno.

> **Porquanto, o que era impossível a lei, visto como estava enferma pela carne, Deus, enviando o seu filho em semelhança da carne do pecado, pelo pecado condenou o pecado na carne. (Romanos 8, 3).**

Uma das maiores revelações da palavra é essa: Jesus venceu o pecado em sua vertente, ou seja, em sua origem, na sua própria carne, pois puxou para si todos os elementos que eram as respostas para assim começar a criar toda a cura de todo o pecado e suas consequências.

Vejo quão grande poder é esse de um tão grandioso amor nos libertar de toda a dor!

Jesus não disse que não teríamos aflições, mas, quando elas viessem, nosso Mestre e Senhor libertar-nos-ia de cada uma delas, caso as transferíssemos a Ele, o Todo-Poderoso, para reconhecê-las e vencer cada uma delas.

Nossa carne jamais tem salvação, e sim o nosso espírito, pois ela existe na essência do pecado, e, quando Jesus nos liberta de suas consequências, faz isso em espírito e em verdade por nosso

POR QUE O SANGUE DE ABEL GRITOU?

espírito, e jamais por nossa carne. Assim, a nossa carne não sente o impacto da dor quando recebe a cura e o amor transferidos em espírito pelo santo Espírito de Deus, a saber, Cristo Jesus.

Por isso mesmo, em carne o pecado existindo, e eles existiram todo o tempo, nosso espírito conectado ao Senhor vencerá pela força do amor da cura por intermédio de Cristo Jesus, que está em nosso corpo espiritual e eterno.

> **Porque todos os que são guiados pelo Espírito de Deus esses são filhos de Deus.**
>
> **Porque não recebestes o espírito de escravidão, para outra vez estardes em temor, mas recebestes o Espírito de adoção de filhos, pelo qual clamamos: Aba, Pai. (Romanos 8, 14-15).**
>
> **Então Elias, o tisbita, dos moradores de Gileade, disse a Acabe: Vive o SENHOR Deus de Israel, perante cuja face eu estou, que nestes anos nem orvalho nem chuva haverá, senão segundo a minha palavra. (1 Reis 17, 1).**

Elias vivenciou um tempo bastante difícil, mas era um homem de Deus, e não um homem comum, e sim um profeta, ungido e levantado pelo próprio Deus.

Mas como todo aquele que é de Deus e vivência períodos difíceis precisam depender muito dos céus e de tudo quanto vem do trono da graça, a graça dos céus, gerados em Deus, como também tudo quanto será liberado, virá do próprio Deus, para aquele que depende do que Ele gera.

Elias vivia assim, até o momento em que percebe uma adoração oposta a um deus chamado Baal. O rei de Israel já estava corrompido pelo pecado e pela aliança contrária ao que o rei chamado Acabe, rei do povo de Deus, Israel, tinha contraído, ao se unir a Jezabel.

O que realmente chama atenção em Elias, ao verificar que o povo estava se corrompendo das leis do verdadeiro Deus, o Deus de Israel, foi que estavam concedendo todo o poder de fartura, chuva e prosperidade a esse deus chamado Baal.

Neste momento ele se posiciona dizendo que pela liberação de uma palavra profética liberada por ele não choveria na terra, mas, o que surpreende é exatamente a forma como ele toma para si a cada detalhe destas palavras, segundo a sua palavra proferida, mesmo estando diante da presença de Deus, ele não disse segundo a uma palavra que poderia ter advindo dos céus e do próprio Deus, por ser ele um profeta que deveria liberar somente o que vem de Deus, mesmo sabendo que Deus vela por sua palavra e não por um mortal comum.

> **Ainda veio a mim a palavra do Senhor, dizendo: Que é que vês, Jeremias? E eu disse: Vejo uma vara de amendoeira. E disse-me o Senhor: Viste bem; por que eu velo sobre a minha palavra para cumpri-la. (Jeremias 1, 11-12).**

> **O céu e a terra passarão, mas as minhas palavras jamais passarão. (Mateus 24, 35).**

Deus velou, ou seja, cuidou de cada detalhe de sua palavra, jamais da palavra dita por um homem segundo a sua própria vontade ou sua alma, por mais usado que seja, ou por mais forte que possam ser seus dons: a boca de Deus disse-o, Deus cumpriu.

Deus não veio até Elias, mas, tudo o que ligou na natureza, e mexeu com mistérios dos céus, segundo a palavra profética liberada foi realmente cumprida, até o dia de um confronto no monte Carmelo, o monte onde todos diziam ser o monte onde o deus Baal morava, por ser um local onde o local de sacrifícios para este deus, que era um grandioso altar, estava ali presente e continuamente sendo usado.

> **E sucedeu que, vendo Acabe a Elias, disse-lhe: És tu o perturbador de Israel? Então disse ele: Eu não tenho perturbado a Israel, mas tu e a casa de teu pai, porque deixastes os mandamentos do Senhor, e seguistes a Baalim. Agora, pois, manda reunir-se a mim todo o Israel no monte Carmelo; como também os quatrocentos e cinquenta profetas de Baal, e os quatrocentos profetas de Aserá, que comem da mesa de Jezabel. Então Acabe convocou todos os filhos de Israel; e reuniu os profetas no monte Carmelo. (1 Reis 18, 17-20).**

A resposta de Elias é exatamente que não seja ele o perturbador de Israel, mas, sim, o rei Acabe e sua casa. Veja que Elias aqui devolve uma acusação da mesma forma que Adão quando Deus diz o que ele realmente fez com o que Deus lhe pedira para não fazer, Adão, diz ser culpa de Eva.

> Disse o homem: "Foi à mulher que me deste por companheira que me deu do fruto da árvore, e eu comi". O Senhor Deus perguntou então à mulher: "Que foi que você fez?" Respondeu a mulher: "A serpente me enganou, e eu comi". (Gênesis 3, 12-13).

Percebe-se que a culpa instalada na alma do casal: sem nenhum tipo de arrependimento, eles transferem essa mesma culpa sem a assumir, o que faz com que percam suas posições originais, e são retirados do Éden.

Elias entra em uma posição semelhante, a da alma, e por isso começa a julgar Acabe da mesma forma que Acabe diz ser ele um perturbador, o que machuca o interior de Elias, e aos poucos, sem perceber, começa a ser induzido por sua alma, e não mais por seu espírito.

Todos foram conduzidos para um confronto, na casa de Baal, só que ali havia um detalhe importante: o altar de Baal estava pronto e perfeito, mas e o de Deus, o Deus de Israel?

Não, por isso todo o povo estava adorando o deus que estava sendo a todos apresentado, e Elias confronta isso e se coloca em posição de ser o único que adora o verdadeiro Deus, o Deus de Israel.

> Então Elias se chegou a todo o povo, e disse: Até quando coxeareis entre dois pensamentos? Se o Senhor é Deus, segui-o, e se Baal, segui-o. Porém o povo nada lhe respondeu. Então disse Elias ao povo: Só eu fiquei por profeta do Senhor, e os profetas de Baal são quatrocentos e cinquenta homens. (1 Reis 18, 21-22).

Na realidade, são vários fatores que começam a mexer com o emocional de Elias, e isso é exatamente a estratégia de Baal, mexer com tudo quanto depois ele poderá manipular; e isso manipulado, Elias até pensará em seu interior que estará em espírito, mas caminhará para realizar tudo em alma, ou seja, nas suas emoções, por causa de tudo quanto pensava ele estar, em um comando dos céus. Até mesmo porque, na ligação do território onde ele estava, lançava ou emanava isso às suas emoções, ali era exatamente o território onde quem comandava e era adorado era o próprio Baal, por isso a presença de Baal ali é intensamente forte.

Por esse mesmo motivo, o confronto será forte contra quem está só, mas com uma força sobrenatural, e exatamente agora essa força provém dos céus, ou da ligação de alma em Elias?

Com certeza a força vem da unção de Deus para até um determinado ponto realizar o que seria obedecer a sua vontade real. Mas, em um determinado ponto, ele novamente se esquece do espírito e volta para as suas emoções.

> E tomaram o bezerro que lhes dera, e o prepararam; e invocaram o nome de Baal, desde a manhã até ao meio-dia, dizendo: Ah! Baal, responde-nos! Porém nem havia voz, nem quem respondesse; e saltavam sobre o altar que tinham feito. E sucedeu que ao meio-dia Elias zombava deles e dizia: Clamai em altas vozes, porque ele é um deus; pode ser que esteja falando, ou que tenha alguma coisa que fazer, ou que intente alguma viagem; talvez esteja dormindo, e despertará.
>
> E eles clamavam em altas vozes, e se retalhavam com facas e com lancetas, conforme ao seu costume, até derramarem sangue sobre si. (1 Reis 18, 26-28).

Todos estavam clamando, mas Baal nada fez ali e em nada se manifestou. E o que fez Elias?

Zombou deles, posicionando-se como sendo ele muito melhor, e até dizia: "Clame em alta voz, pode ser que esteja dormindo".

Deus diz em sua palavra:

> Nada façais por contenda ou por vanglória, mas por humildade; cada um considere os outros superiores a si mesmo.
>
> Não atente cada um para o que é propriamente seu, mas cada qual também para o que é dos outros. (Filipenses 2, 3-4).

Analisaremos aqui algo agora, a atitude de alguém que é boca de Deus, e mesmo sendo um simples mortal como todos os demais, ele precisava trazer aqueles homens para a santidade de um poderoso e majestoso Deus santo e irrepreensível, e jamais um

POR QUE O SANGUE DE ABEL GRITOU?

deus de contendas e deboches. Elias ao reagir como alguém comum em deboches, acaba abrindo uma porta para agir na alma, jamais no espírito. Deus somente envolve como também nos inspirara em revelações inspiradas em nosso espírito.

Quando Elias colocou em seu altar o sacrifício, algo tremendo ocorreu.

> **E Elias tomou doze pedras, conforme ao número das tribos dos filhos de Jacó, ao qual veio a palavra do Senhor, dizendo: Israel será o teu nome.**
>
> **E com aquelas pedras edificou o altar em nome do Senhor; depois fez um rego em redor do altar, segundo a largura de duas medidas de semente.**
>
> **Então armou a lenha, e dividiu o bezerro em pedaços, e o pôs sobre a lenha. E disse: Enchei de água quatro cântaros, e derramai-a sobre o holocausto e sobre a lenha. E disse: Fazei-o segunda vez; e o fizeram segunda vez. Disse ainda: Fazei-o terceira vez; e o fizeram terceira vez;**
>
> **De maneira que a água corria ao redor do altar; e até o rego ele encheu de água.**
>
> **Sucedeu que, no momento de ser oferecido o sacrifício da tarde, o profeta Elias se aproximou, e disse: Ó Senhor Deus de Abraão, de Isaque e de Israel, manifeste-se hoje que tu és Deus em Israel, e que eu sou teu servo, e que conforme à tua palavra fiz todas estas coisas.**
>
> **Responde-me, Senhor, responde-me, para que este povo conheça que tu és o Senhor Deus, e que tu fizeste voltar o seu coração.**
>
> **Então caiu fogo do Senhor, e consumiu o holocausto, e a lenha, e as pedras, e o pó, e ainda lambeu a água que estava no rego.**
>
> **O que vendo todo o povo caíram sobre os seus rostos, e disseram: Só o Senhor é Deus! Só o Senhor é Deus! (1 Reis 18, 31-39).**

Isso realmente é sobrenatural, caiu fogo do céu, porque Elias disse que o Senhor Deus era o Deus de Israel e que segundo a palavra de Deus Elias fez todas aquelas coisas, segundo uma fé ativa na presença viva de Deus o envolvendo espiritualmente.

Deus manifesta-se para trazer céus na terra, assim como o diabo também vem e se manifesta.

Em João 11, a narrativa traz a ressurreição de Lázaro, e nos versículos 14 e 15 nos diz assim:

> **Então Jesus disse-lhes claramente: Lázaro está morto;**
>
> **E folgo, por amor de vós, de que eu lá não estivesse, para que acrediteis; mas vamos ter com ele.**

Isso é tremendo: ouvir Jesus dizer que estava feliz por não estar ali naquele território onde seus amigos estavam e quando Lázaro morreu, pois agora sim o projeto de Deus, em sua origem, seria ativado, e não tudo quanto da forma como os homens queriam que fosse realizado; mas da forma como o próprio Deus já tinha assim revelado para seu amado Filho.

Às vezes não entendemos a paciência e a calma com que Deus tenta nos revelar em alguns momentos, porque sempre estamos tão desesperados para solucionar algo tão necessário, e Deus não o realiza como queremos.

Marta e Maria disseram: "Se o Senhor estivesse aqui, meu irmão não teria morrido".

Mas o intuito de Deus era exatamente a morte de Lázaro, pois, ao fazer isso, Deus estava marcando a vida de seu filho com o seu projeto original.

O projeto de Deus Pai era trazer a ativação naquele momento, para que o Senhor Jesus, por meio da morte de seu amigo, depois de quatro dias, vencer os mistérios da terra, do ar, do fogo e da água, que seriam os compostos dos elementos a serem vencidos, e vencer até mesmo a tradição judaica — a de que uma pessoa poderia voltar à vida após três dias, depois disso jamais poderia viver.

Por isso, no quarto dia, a pedra foi colocada, para assim selar a morte, e Jesus chega exatamente quando a pedra é colocada; e a morte, selada.

Jesus vai mudar uma situação, porque os céus alinharão n'Ele o selo da vida dos céus, a vida eterna e os mistérios do poder sobre a morte e sobre todos os níveis de enfermidade, pois, quando Lázaro ressuscitar, ele não mais terá a enfermidade que o matou.

POR QUE O SANGUE DE ABEL GRITOU?

Isso feito, Jesus chega e enfrenta a ira de todos, até de Maria, que diz a mesma coisa que sua irmã: "Se o Senhor estivesse aqui, meu irmão não teria morrido..."

Jesus chorou ao ouvir Maria dizer isso. E por quê?

Porque percebeu que Maria também não depositou confiança n'Ele e nos céus, e isso o fez ficar entristecido com a incredulidade de uma adoradora, deixando ceder o que a terra e as dores falavam: muito mais alto do que a intimidade com ele.

Jesus sabia que tudo quanto era da terra estava ligado a morte e ao pecado, e ele iria ligar tudo dos céus e do Pai ali em lazaro, Lazaro era o escolhido dos céus, por isso Jesus era tão amigo dele, pela ligação dos céus e a escolha do que a Glória manifesta dos céus traria ali.

> **Eu bem sei que sempre me ouves, mas eu disse isto por causa da multidão que está em redor, para que creiam que tu me enviaste.**
>
> **E, tendo dito isto, clamou com grande voz: Lázaro, sai para fora.**
>
> **E o defunto saiu, tendo as mãos e os pés ligados com faixas, e o seu rosto envolto num lenço. Disse-lhes Jesus: Desligai-o, e deixai-o ir. (João 11, 42-44).**

Era necessário dizer em oração o que filho e o Pai eram para que todos o ouvissem e soubessem quem era realmente que estava ali diante de toda aquela multidão, e assim deu graças pelos céus já estarem liberando todos os elementos para tudo que traria

Jesus grita o nome do defunto dizendo para que ele saísse.

Não estava gritando para a multidão ali presente, estava gritando para que Lázaro saísse da fila da morte e viesse orientado por Sua voz sendo, no verdadeiro caminho, o da vida, e não o da morte, pois Jesus agora, além de ser o verdadeiro caminho, é também a ressurreição e a vida, a nova vida de Deus, para Lázaro.

> **Nisso todos sabiam ali que O Pai Estava sendo glorificado no filho.**
>
> **Disse-lhe Jesus: Eu sou a ressurreição e a vida; quem crê em mim, ainda que esteja morto, viverá;**
>
> **E todo aquele que vive, e crê em mim, nunca morrerá. Crês tu isto? (João 11, 25-26).**

Por causa de algo tão profundo gerado nos céus, Jesus estava ali obedecendo em cada detalhe ao Pai, e o próprio Deus passou isso em seu manto profético, mas Elias falhou por causa da alma, e da dependência em seu emocional.

Elias viu o fogo descer e viu o poder de Deus ser ativado. Mas por que, mesmo assim, ele ainda estava ligado à morte, e não à vida?

Porque ele estava ligando as emoções e prisões da alma, e isso no monte de Baal, em sua casa, decidiu derramar sangue.

> **O que vendo todo o povo caíram sobre os seus rostos, e disseram: Só o Senhor é Deus! Só o Senhor é Deus!**
>
> **E Elias lhes disse: Lançai mão dos profetas de Baal, que nenhum deles escape. E lançaram mão deles; e Elias os fez descer ao ribeiro de Quisom, e ali os matou. (1 Reis 18, 39-40).**

Ele, mesmo com todo o poder liberado do trono da graça de Deus, matou todos os profetas, mas Deus ainda o usou para liberar o que o poder de Deus pela vida trouxe: a chuva.

> **E disse ao seu servo: Sobe agora, e olha para o lado do mar. E subiu, e olhou, e disse: Não há nada. Então disse ele: Volta lá sete vezes.**
>
> **E sucedeu que, à sétima vez, disse: Eis aqui uma pequena nuvem, como a mão de um homem, subindo do mar. Então disse ele: Sobe, e dize a Acabe: Aparelha o teu carro, e desce, para que a chuva não te impeça.**
>
> **E sucedeu que, entretanto, os céus se enegreceram com nuvens e vento, e veio uma grande chuva; e Acabe subiu ao carro, e foi para Jizreel.**
>
> **E a mão do Senhor estava sobre Elias, o qual cingiu os lombos, e veio correndo perante acabe, até à entrada de Jizreel. (1 Reis 18, 43-46).**

Mesmo com todas as falhas de Elias, a boa mão do Senhor estava com ele e o direcionava.

Tudo começa a mudar quando ele recebe uma mensagem de Jezabel, e essa mensagem envia-o para o deserto.

> **E Acabe fez saber a Jezabel tudo quanto Elias havia feito, e como totalmente matara todos os profetas à espada.**

> **Então Jezabel mandou um mensageiro a Elias, a dizer-lhe: Assim me façam os deuses, e outro tanto, se de certo amanhã a estas horas não puser a tua vida como a de um deles. (1 Reis 19, 1-2).**

Isso mostra claramente quanto a ira de Jezabel, ligada a todos os demônios e ao próprio diabo, instalou em Elias uma ligação pelo sangue derramado.

Esse sangue agora amarra a alma de Elias na depressão da morte, porque ele ainda estava ligado a algo da terra e ao príncipe dela, e não apenas aos mistérios dos céus. E por quê?

Porque Elias era um homem sujeito às próprias paixões, pelas quais somos limitados em alma e emoções, diferentemente de Jesus.

> **Elias era homem sujeito às mesmas paixões que nós e, orando, pediu que não chovesse e, por três anos e seis meses, não choveu sobre a terra. (Tiago 5, 17).**

Moisés não foi diferente quando, ao chegar do cume do monte, com as tábuas da lei, ao ver o bezerro, lançou mão dele e jogou no chão as tábuas, por ficar irado.

E aconteceu que, chegando Moisés ao arraial, e vendo o bezerro e as danças, acendeu-se nele o furor, e arremessou as tábuas das suas mãos, e quebrou-as ao pé do monte.

E tomou o bezerro que tinham feito, queimou-o, moendo-o, até que se tornou em pó; e o espargiu sobre as águas, e deu-o a beber aos filhos de Israel.

> **E Moisés perguntou a Arão: Que te tem feito este povo, que sobre ele trouxeste tamanho pecado?**
>
> **Então respondeu Arão: Não se acenda a ira do meu senhor; tu sabes que este povo é inclinado ao mal. (Êxodo 32, 19-22).**

Isso nos mostra quanto nossa alma é limitada, mas Jesus Cristo, sabendo de todos esses detalhes da alma, e já com cada detalhe deles, vence a morte por meio de seu amigo, isso sendo o seu último milagre, Jesus está anunciando para o que veio e quem realmente ele é.

> **E sucedeu que, ouvindo-a Elias, envolveu o seu rosto na sua capa, e saiu para o lado de fora, e pôs-se à**

> entrada da caverna; e eis que veio a ele uma voz, que dizia: Que fazes aqui, Elias?
>
> E ele disse: Eu tenho sido em extremo zeloso pelo Senhor Deus dos Exércitos, porque os filhos de Israel deixaram a tua aliança, derrubaram os teus altares, e mataram os teus profetas à espada, e só eu fiquei; e buscam a minha vida para ma tirarem.
>
> E o Senhor lhe disse: Vai, volta pelo teu caminho para o deserto de Damasco; e, chegando lá, unge a Hazael rei sobre a Síria.
>
> Também a Jeú, filho de Ninsi, ungirás rei de Israel; e também a Eliseu, filho de Safate de Abel-Meolá, ungirás profeta em teu lugar. (1 Reis 19, 13-16).

"O que você está fazendo aqui, Elias?" Deus repetiu a mesma pergunta que fez a Caim.

"Onde está o teu irmão, Caim?".

> E disse o Senhor a Caim: Onde está Abel, teu irmão? E ele disse: Não sei; sou eu guardador do meu irmão?
>
> E disse Deus: Que fizeste? A voz do sangue do teu irmão clama a mim desde a terra. (Gênesis 4, 9-10).

Agora Deus sabe que ele derramou sangue na terra, e o juízo de Deus veio sobre a terra por causa da voz do sangue. Não é diferente nesse momento com Elias, que também acessou o espírito da morte por causa do sangue derramado.

Imagine que Elias derramou o sangue de 850 homens: era algo sobrenatural comparado a Caim, que derramou apenas o sangue de um, mas não de qualquer um, e sim de um pastor e adorador fiel, pois ele parou uma geração. E isso fez com que Adão e Eva ficassem sem filhos.

Deus estava reformulando tudo para novamente voltar a trazer a sequência geracional na terra.

Aprendo algo com Neemias:

> Estejam, pois, atentos os teus ouvidos e os teus olhos abertos, para ouvires a oração do teu servo, que eu hoje faço perante ti, dia e noite, pelos filhos de Israel, teus servos; e faço confissão pelos pecados dos filhos de Israel, que temos cometido contra ti; também eu e a casa de meu pai temos pecado. (Neemias 1, 6).

POR QUE O SANGUE DE ABEL GRITOU?

Ele pede perdão pelos pecados de Israel, e pelos seus e de sua casa, para assim no tribunal ser julgado e sua causa lhe ser favorável.

A boa mão do Senhor responde positivamente sobre Neemias, e lhe guiará pra realizar o trabalho de sua reconstrução, mesmo com perseguidores, Neemias prossegue confiante.

Já Elias, assim como Caim, é reprovado.

Ungirás outro profeta em teu lugar.

E também a Eliseu, filho de Safate de Abel-Meolá, ungirá profeta em teu lugar. (1 Reis 19, 16).

Elias não poderia ter um manto profético e continuar na terra, pois alguém poderia em qualquer momento o procurar e o matar, e Deus resgatou-o para que ele não passasse os mistérios dos céus para Baal.

Da unção de Deus sobre Elias, ao transferir para Jeú, este eliminou Baal de Israel. E tiraram as estátuas da casa de Baal, e queimaram-nas. Também quebraram a estátua de Baal; e derrubaram a casa de Baal, e fizeram dela latrinas, até o dia de hoje.

E assim Jeú destruiu a Baal de Israel. (2 Reis 10, 26-28).

Realmente é algo bem perigoso estar em dependência de nossa alma. Mesmo Elias tendo transferido uma unção sobre a vida de Jeú como rei de Israel, ele sabia que esse rei não poderia ceder e teria que ter uma direção firme, para limpar tudo quanto se tinha erigido em Israel com alianças demoníacas e adorações a Baal.

Precisamos ser luz do mundo, como Jesus o é.

Pois somente a luz poderá iluminar aquilo que está em trevas, e retirá-la da ação nociva, para tudo quanto nos fará crescer.

Bem-aventurados sois vós, quando vos injuriarem e perseguirem e, mentindo, disserem todo o mal contra vós por minha causa.

Exultai e alegrai-vos, porque é grande o vosso galardão nos céus; porque assim perseguiram os profetas que foram antes de vós.

Vós sois o sal da terra; e se o sal for insípido, com que se há de salgar? Para nada mais presta senão para se lançar fora, e ser pisado pelos homens.

> Vós sois a luz do mundo; não se pode esconder uma cidade edificada sobre um monte;
>
> Nem se acende a candeia e se coloca debaixo do alqueire, mas no velador, e dá luz a todos que estão na casa. (Mateus 5, 11-15).

Temos uma grande diferença hoje em nós, pois temos a Esperança da glória manifesta de Nosso Deus em nós, que já venceu — os profetas e os sacerdotes não — a morte e o pecado.

Por isso n'Ele somos a esperança da glória manifesta.

> Aos quais Deus quis fazer conhecer quais são as riquezas da glória desse mistério entre os gentios, que é Cristo em vós, esperança da glória. (Colossenses 1, 27).
>
> De sorte que somos embaixadores da parte de Cristo, como se Deus por nós rogasse. Rogamos-vos, pois, da parte de Cristo, que vos reconcilieis com Deus.
>
> Àquele que não conheceu pecado, o fez pecado por nós; para que nele fôssemos feitos justiça de Deus. (2 Coríntios 5, 20-21).

A alegria da salvação é por meio de Jesus Cristo. Dependemos d'Ele, e não de nossa alma, pois Ele é o Salvador de nossa alma, e a esperança real n'Ele e por Ele para salvação eterna.

Vivamos, pois, por intermédio d'Ele e para Ele.

> Então eu disse: Senhor, Deus dos céus, Deus grande e temível, fiel à aliança e misericordioso com os que o amam e obedecem aos seus mandamentos, que os teus ouvidos estejam atentos e os teus olhos estejam abertos para ouvir a oração que o teu servo está fazendo dia e noite diante de ti em favor de teus servos, o povo de Israel. Confesso os pecados que nós, os israelitas, temos cometido contra ti. Sim, eu e o meu povo temos pecado contra ti. (Neemias 1, 5-6).

Uma oração poderosa que estamos analisando, mas não somente isso, e sim o comando que essa oração libera.

O primeiro ponto dessa liberação é: Deus perdoa os pecados de Israel, pois Neemias adentrará um território onde está tudo envolvendo o próprio povo de Deus, e isso mudará tudo e todas as coisas, para assim se iniciar um trabalho de reconstrução.

POR QUE O SANGUE DE ABEL GRITOU?

Segundo ponto liberado por Neemias aqui: ele mesmo se posiciona e pede perdão por seus erros, falhas e pecados, e assim poder estar alinhado aos princípios dos céus, para assim ser usado pelo Deus dos céus ali naquele território totalmente queimado e destruído.

O terceiro ponto é o de Neemias também pedir perdão pelos pecados de seus pais. Aqui é o de transferência geracional: mas nem todos estão prontos para se apresentar diante de Deus e assumir seu DNA contaminado e reconhecer isso, e pedir alinhamento de perdão e cura.

> **Agimos de forma corrupta e vergonhosa contra ti. Não temos obedecido aos mandamentos, aos decretos e às leis que deste ao teu servo Moisés. (Neemias 1, 7).**

Ele aqui se posiciona no coletivo de corpo, e isso chama para ele aquilo que também, envolve em oração diante dos céus os erros de muitos para Deus perdoar tudo que o poderia paralisá-lo, e assim no comando do perdão, pedir aos céus um alinhamento em torno de si com todos os demais para assim com a devida permissão da boa mão do Senhor poder reconstruir o que foi derrubado.

> **Se dissermos que não temos pecado, enganamo-nos a nós mesmos, e não há verdade em nós.**
>
> **Se confessarmos os nossos pecados, ele é fiel e justo para nos perdoar os pecados, e nos purificar de toda a injustiça. (1 João 1, 8-10).**

Quando reconhecemos quanto de pecado foi transferido para a nossa corrente sanguínea, e por isso nos tornamos pecadores, por causa do DNA contaminado de nosso primeiro pai, fazemos de Jesus Cristo Senhor e libertador de todas as nossas más ações e dos nossos pecados.

Alguns destes pecados precisam ser reconhecidos, pois, somente quando o reconhecemos, também já conseguimos identificá-lo, e assim já identificado, podemos sanar de nossas vidas, tudo que não prosperara o que seja planos dos céus sobre nossas vidas.

> **E disse: Não te chegues para cá; tira os sapatos de teus pés; porque o lugar em que tu estás é terra santa.**

> **Disse mais: Eu sou o Deus de teu pai, o Deus de Abraão, o Deus de Isaque, e o Deus de Jacó. E Moisés encobriu o seu rosto, porque temeu olhar para Deus.**
>
> **E disse o Senhor: Tenho visto atentamente a aflição do meu povo, que está no Egito, e tenho ouvido o seu clamor por causa dos seus exatores, porque conheci as suas dores.**
>
> **Portanto desci para livrá-lo da mão dos egípcios, e para fazê-lo subir daquela terra, a uma terra boa e larga, a uma terra que mana leite e mel; ao lugar do cananeu, e do heteu, e do amorreu, e do perizeu, e do heveu, e do jebuseu. (Êxodo 3, 5-8).**

Onde pisarmos ou no que faremos Deus nos abençoará, não importa onde estivermos, e, caso estejamos com a influência dos céus, e não da terra, o que Deus nos concede sempre será superior, sempre será muito maior.

Por isso, ao retirar o que é da terra e liberar tudo quanto é gerado nos céus, e pelos céus, tudo será totalmente liberado, transformando nossa vida no que Deus gerou para sermos e termos.

Outra coisa também: aqui Deus se apresenta para aquilo que está n'Ele, o próprio Deus ali alinhando, o que é o espírito de Moisés, e ali Deus já começou dizendo para Moisés separar o santo do profano.

Separar o santo do profano quer dizer: tire o que está em você que é do Egito e se alinhe ao território da presença Santa de Deus.

Moisés teria que entender que agora iria tirar a sua essência do Egito, e foi então conduzido para este mesmo deserto onde permaneceu 40 anos. Para aprender dos céus o que possuía para ser liberado para o seu grande libertador.

A nossa purificação no deserto hoje é alinhada com o poder do sangue, por isso falamos no início que o poder está no sangue de dentro, que foi gerado no interior de Nosso Senhor Jesus, e não no sangue que ao nascer estava todo envolvido em sangue, mas no de sua mãe, Maria.

Deus começa a agir em Moisés, para eliminar dele tudo que seria a dependência do Egito, para prepará-lo para o novo ciclo de uma nova terra, Canaã para o povo de Deus que chegaria até

POR QUE O SANGUE DE ABEL GRITOU?

lá na física, e a Canaã espiritual a que Moisés chegou, para assim entender o que Deus estava alinhando entre céus e terra.

"Quantas palavras nos confrontam"? De quantas acusações, mesmo inocentes, somos acusados, e isso nos causa dores terríveis? Quantas vezes queremos revidar e nos vingar de pessoas e de situações em que somos injustiçados!?

Deus diz que d'Ele é a vingança, e Ele também diz que a sua causa se torna a causa d'Ele. Assim, agindo Ele, quem impedirá?

Deus não reage jamais, pois, ele é um Deus de "Ação", sempre fara tudo antes que possa sequer ser manifesto como algo que nos trará derrotas!

"Mantenha-se firme e convicto, Deus é sempre fiel e justo, ele dará a última resposta para tudo e todos, e o manterá em pé!"

Deus não concede uma opinião, mas as diretrizes ou os caminhos, como ele diz em João:

> Disse-lhe Jesus: Eu sou o caminho, e a verdade e a vida; ninguém vem ao Pai, senão por mim. (João 14, 6).

O Novo nome é o caminho, a marca e a autoridade para se achegar a um determinado lugar no Espírito.

Eu analiso esta outra palavra também:

> E os que faziam isto eram sete filhos de Ceva, judeu, principal dos sacerdotes.
>
> Respondendo, porém, o espírito maligno, disse: Conheço a Jesus, e bem sei quem é Paulo; mas vós quem sois? E, saltando neles o homem que tinha o espírito maligno, e assenhoreando-se de todos, pôde mais do que eles; de tal maneira que, nus e feridos, fugiram daquela casa. (Atos dos Apóstolos 19, 14-16).

Uma autoridade gerada por uma senha para conquistas de territórios e para liberação de pessoas em qualquer território em que os céus liberam.

Por exemplo, quem é o dono do ouro e da prata?

Se for de Deus, vejamos, uma nação só pode distribuir cédulas baseada na quantidade de riquezas em ouro que possui, por isso, quando pedimos aos céus a liberação daquilo que Deus possui de forma ilimitada, é porque Deus sabe quem gera as riquezas e todo o poder dela.

Deus está nos ensinando que provisão real para as coisas dos céus poderá ser liberada apenas pelos céus, e não pela terra.

Ter um novo nome é ter uma senha dos céus em Cristo Jesus, pois todo aquele que entende quem é em Deus e quem é nos céus saberá também sobre o caminho que possui, e sobre o nome que possui.

Por que existe suicídio? Por que pessoas desistem de ministérios?

Exatamente porque muitas vezes as pessoas conhecem bases de informações, jamais de relacionamentos profundos com a presença viva de Deus e de seus mistérios celestiais.

Por esse mesmo motivo, Jó, ao cobrir os pecados dos filhos, pelo que ele entendia de sacrifícios, e de cobertura por autoridade dos céus, foi diferente quando ele mesmo chegou diante da própria presença viva e da revelação dos céus e da presença do próprio Deus.

> **Depois disto o SENHOR respondeu a Jó de um redemoinho, dizendo:**
>
> **Quem é este que escurece o conselho com palavras sem conhecimento?**
>
> **Agora cinge os teus lombos, como homem; e perguntar-te-ei, e tu me ensinarás.**
>
> **Onde estavas tu, quando eu fundava a terra? Faze-mo saber, se tens inteligência. (Jó 38, 1-4).**

Deus realmente se apresentou a Jó, e perguntou algo simples: "onde você estava quando coloquei os fundamentos da terra?" Deus perguntou isso e depois outras 69 perguntas, ou seja, Deus realizou 70 perguntas para Jó, que não pôde respondê-las; e, quando ouve tudo, ele mesmo responde ao Senhor:

> **Quem é este, que sem conhecimento encobre o conselho? Por isso relatei o que não entendia; coisas que para mim eram inescrutáveis, e que eu não entendia. (Jó 42, 3).**

Jó reconheceu exatamente, após as 70 perguntas do Senhor Deus, que o que Jó tinha eram apenas informações. Mas o real conselho era do Senhor Deus, jamais das suas indagações.

Voltando o modelo de João Baptista preparando o caminho pra Jesus: mesmo sendo Ele Deus, sujeitou-se aos princípios que Ele mesmo estabeleceu.

Quando Deus escolhe alguém com um dom especial, quem se submete a este dom ou talento ao Senhor Deus está rendendo-se e isso sempre será para realizar sempre algo poderoso.

A Autoridade e a unção que eu honro, está eu também recebo.

> **Toda a alma esteja sujeita às potestades superiores; porque não há potestade que não venha de Deus; e as potestades que há foram ordenadas por Deus.**
>
> **Por isso quem resiste à potestade resiste à ordenação de Deus; e os que resistem trarão sobre si mesmos a condenação. (Romanos 13, 1-3).**

Deus está trazendo dentro dessa revelação que a liberação também virá por intermédio de honras.

E Jesus, entendendo disso, honrou João, que estava preparando Seu caminho, e o reino de Deus.

> **E dizendo: Arrependei-vos, porque é chegado o reino dos céus.**
>
> **Porque este é o anunciado pelo profeta Isaías, que disse: Voz do que clama no deserto: Preparai o caminho do Senhor, Endireitai as suas veredas. (Mateus 3, 2-3).**

João prepara o caminho para quem o assumira, e ainda mais para quem irá depois pra cruz pra devolver os fundamentos desta casa, como segue.

> **No dia seguinte, João viu a Jesus, que vinha para ele, e disse: Eis o Cordeiro de Deus, que tira o pecado do mundo. Este é aquele do qual eu disse: Após mim vem um homem que é antes de mim, porque foi primeiro do que eu. (João 1, 29-30).**

O cordeiro de Deus, segundo a revelação dos céus, diz-nos que não cobre o pecado por meio de sangue de animais, mas que tira, arranca e elimina mesmo o pecado da vida de um homem, concedendo-lhe uma nova identidade. Diferente do cordeiro imaculado e puro que Deus libera não apenas para cobrir pecados, mas para extingui-los.

Seguindo, analisaremos outro ponto do tribunal e do perdão, o tribunal de Deus entre Deus, o diabo e Jó.

> E disse o Senhor a Satanás: Observaste tu a meu servo Jó? Porque ninguém há na terra semelhante a ele, homem íntegro e reto, temente a Deus, e que se desvia do mal.
>
> Então respondeu Satanás ao Senhor, e disse: Porventura teme Jó a Deus debalde?
>
> Porventura tu não cercaste de sebe, a ele, e a sua casa, e a tudo quanto tem? A obra de suas mãos abençoaste e o seu gado se tem aumentado na terra. Mas estende a tua mão, e toca-lhe em tudo quanto tem, e verás se não blasfema contra ti na tua face. E disse o Senhor a Satanás: Eis que tudo quanto ele tem está na tua mão; somente contra ele não estendas a tua mão. E Satanás saiu da presença do Senhor. (Jó 1, 8-12).

O que, na realidade, Satanás sempre teve foi algo dele ali na vida de Jó, e, quando chegou com acusação diante do trono da graça de Deus, usou a parte do tribunal para assim, com a acusação sobre Jó, introduzir pessoas cujo corpo ele poderia, com certeza, usar, na parte física, para transferir sobre Jó o que o induziria a falar mal de Deus.

> E Jó tomou um caco para se raspar com ele; e estava assentado no meio da cinza. Então sua mulher lhe disse: Ainda reténs a tua sinceridade? Amaldiçoa a Deus, e morre. (Jó 2, 8-9).
>
> Uma mulher segundo o que relata a medicina, quando perde um filho, tem sempre um abalo neurológico e perde com isso alguns neurônios. Imagine como ficou a mente perturbada da mulher de Jó, por isso esta foi à resposta de Jó.
>
> Porém ele lhe disse: Como fala qualquer doida, falas tu; receberemos o bem de Deus, e não receberíamos o mal? Em tudo isto não pecou Jó com os seus lábios. (Jó 2, 10).

POR QUE O SANGUE DE ABEL GRITOU?

Imagine isso para Jó? Ele disse algo com os lábios, mas agiu exatamente em torno desse comando sobre as palavras a ele liberadas.

Jó, ao revelar essas mesmas palavras para a sua mulher, dizendo ser ela uma mulher que estava agindo como uma louca, ele também ficou muito perturbado com a situação, e liberou sobre ele mesmo palavras contrárias a quem realmente ama, assim como se rende totalmente à vontade de Deus e fica submisso naquele momento à ação de Deus.

Depois disso, abriu Jó a sua boca e amaldiçoou o seu dia.

> **E Jó, falando, disse: Pereça o dia em que nasci, e a noite em que se disse: Foi concebido um homem! Converta-se aquele dia em trevas; e Deus, lá de cima, não tenha cuidado dele, nem resplandeça sobre ele a luz. (Jó 3, 1-4).**

Você percebe que muitas vezes o ouvido ouve e descem ao coração as palavras ouvidas, e inicialmente as palavras liberadas rejeitam a liberação da maldição contra Deus, mas Jó não rejeitou a maldição das palavras contra si mesmo.

Na sequência inicia um período de silêncio entre Jó e os seus três amigos.

Quando encerra o período de silêncio, o primeiro amigo começa a falar contra Jó.

Então respondeu Elifaz, o temanita:

> **Se intentarmos falar-te, enfadar-te-ás? Mas quem poderia conter as palavras?**
>
> **Eis que ensinaste a muitos, e tens fortalecido as mãos fracas.**
>
> **As tuas palavras firmaram os que tropeçavam e os joelhos desfalecentes tens fortalecido. Mas agora, que se trata de ti, te enfadas; e tocando-te a ti, te perturbas. (Jó 4, 1-5).**

Elifaz simplesmente diz a Jó que, quando era para ensinar aos demais, Jó sempre tinha uma boa palavra, mas agora, em se tratar deste, ele não queria assumir seus erros, e iniciou grandes confrontos contra o seu amigo, que imediatamente se defende diante de Elifaz, o que faz com que o próximo amigo, ainda mais irado, também tome a palavra e inicie os seus confrontos.

Então responde Bildade, o suíta:

> **Até quando falarás tais coisas, e as palavras da tua boca serão como um vento impetuoso? Porventura perverteria Deus o direito? E perverteria o Todo--poderoso a justiça? (Jó 8, 1-3).**

Agora Bildade, o próximo amigo de Jó, inicia também suas rudes palavras de afrontas terríveis contra Jó, dizendo: "achas mesmo que sua justiça é superior à do próprio Deus?" E uma torrente terrível de palavras contra Jó passa a ser ministrada, e novamente Jó começa a se defender e se posicionar como inocente.

Jó, nesse momento, coloca tudo que pode a seu favor, e tudo isso só mostrará que alguém no tribunal está errado; e, se Jó é inocente, no tribunal entre ele e Deus, quem para ele errou?

Lamentavelmente, muitas vezes nossa revolta em tempos bem difíceis será mesmo contra Deus, e, olhando para nosso interior, seremos injustiçados, e assim, sem perceber, tudo será contra Deus, e justamente isso mesmo é a vontade do inferno, que estejamos fazendo a vontade do diabo (quando concedemos a liberação à nossa alma, ou seja, nossas emoções nocivas e poluídas), porque o diabo sempre agirá em linhas "almáticas", fazendo assim com que nos revoltemos contra nosso majestoso Deus.

E agora mais, muito mais intensamente, Jó se levanta para assim se defender, e sua defesa começa a tomar proporções muito grandes.

O terceiro amigo chega pegando muito mais pesado contra Jó.

Então respondeu Zofar, o naamatita:

> **Visto que os meus pensamentos me fazem responder, eu me apresso.**
>
> **Eu ouvi a repreensão, que me envergonha, mas o espírito do meu entendimento responderá por mim. Porventura não sabes tu que desde a antiguidade, desde que o homem foi posto sobre a terra,**
>
> **O júbilo dos ímpios é breve, e a alegria dos hipócritas momentânea?**

> **Ainda que a sua altivez suba até ao céu, e a sua cabeça chegue até às nuvens. (Jó 20, 1-6).**

Aqui, o amigo de Jó chamado Zofar vai totalmente contra Jó dizendo que o júbilo ou a alegria dos ímpios são muito breves, e que com certeza, se Jó está naquela situação, é porque tudo se manifestou contra ele assim, porque a injustiça também, durante muito tempo, fora encoberta, mas agora tudo está se manifestando contra a vida de Jó.

Imagine uma pessoa que sempre foi correta, sempre se posicionou em justiça, agora ouvir algo tão forte e tão triste assim. Jó ficou muito triste.

> **Quem é o Todo-Poderoso, para que nós o sirvamos? E que nos aproveitará que lhe façamos orações? Vede, porém, que a prosperidade não está nas mãos deles; esteja longe de mim o conselho dos ímpios!**
>
> **Quantas vezes sucede que se apaga a lâmpada dos ímpios, e lhes sobrevém a sua destruição? E Deus na sua ira lhes reparte dores! (Jó 21, 15-17).**

Deus cuida de todos os detalhes de tudo quanto necessitamos, mas o que realmente quer é gerar o seu caráter de perseverança em nós, pois Cristo em nós é a esperança da Glória.

> **Aos quais Deus quis fazer conhecer quais são as riquezas da glória deste mistério entre os gentios, que é Cristo em vós, esperança da glória. (Colossenses 1, 27).**

Para isso ocorrer como no caso da igreja que poderíamos hoje chamá-la como nome de Jó, não poderia ser diferente através da pessoa viva de Cristo Jesus, pois, nele e por Ele todas as coisas são sempre manifestas, e isso não muda, mas o caráter de Deus em nós gerado — tudo passa a ser bem diferente.

Para Jó dizer, Deus em sua ira lhes reparte dores, e isso traz naquele momento revolta, pois acredita agora que a transferência dos amigos sobre ele traz a razão de suas dores.

E prosseguiu Jó no seu discurso dizendo:

> **Ah! quem me dera ser como eu fui aos meses passados, como nos dias em que Deus me guardava!**

> Quando fazia resplandecer a sua lâmpada sobre a minha cabeça e quando eu pela sua luz caminhava pelas trevas.
>
> Como fui nos dias da minha mocidade, quando o segredo de Deus estava sobre a minha tenda; Quando o Todo-Poderoso ainda estava comigo, e os meus filhos em redor de mim. (Jó 29, 1-5).

Agora, analisando tais palavras de Jó, ele realmente estava revelando seu interior de uma forma bastante incisiva, e ele confessa que sente falta de quando Deus estava com ele, e automaticamente se liga a isso, à presença de Deus.

Os seus filhos estarem com ele, de formas tão intensas, isso o machuca muito, pois seus filhos para ele eram um bem muito precioso.

Isso ocorre liberando ao seu interior cada vez trazendo mais dores, a ponto de Jó ficar em uma profunda falta de esperança. A partir desse momento, Deus começa a tratar muito em Jó cada detalhe de revelação interligado em um ponto com os céus.

Deus tem algo muito superior conosco, pois Deus permite que essas circunstâncias tão doloridas possam trabalhar contra Jó até o ponto de permissão de Deus. Isso tudo para assim nivelá-lo ao ponto exato do lugar onde Deus o quer.

Os amigos ficaram sete dias ali quietos, e durante um período permaneceram ali naquele território, talvez no período de até alguns meses, mas no mesmo local de experiência com aquilo que Deus estava tratando com Jó.

Pessoas muitas vezes passam meses em hospitais, e em coma, até Deus cumprir seu propósito.

Deus está gerando em Jó um novo nome, uma nova autoridade com tudo isso e todas essas críticas, até chegar ao capítulo 32.

> Eis que aguardei as vossas palavras, e dei ouvidos às vossas considerações, até que buscásseis razões.
>
> Atentando, pois, para vós, eis que nenhum de vós há que possa convencer a Jó, nem que responda às suas razões;
>
> Para que não digais: Achamos a sabedoria; Deus o derrubou, e não homem algum. (Jó 32, 11-13).

POR QUE O SANGUE DE ABEL GRITOU?

Deus preparou a vida desse jovem chamado Eliú para que assim Jó se recompusesse nele e fosse preparado para receber a essência não mais da lei, mas da graça ou do favor da presença viva de Deus.

> Quem é este que escurece o conselho com palavras sem conhecimento?
>
> Agora cinge os teus lombos, como homem; e perguntar-te-ei, e tu me ensinarás. (Jó 38, 2-3).

Por que Deus disse exatamente que Jó estava obscurecendo algo da presença viva de Deus?

Porque falava da lei ou da teoria de conhecimentos, sem a prática do conhecimento vivo em Deus.

Agora a presença viva vem para se apresentar e lhe conceder o novo dos céus e da nova vida em Deus, acompanhado da essência dos céus.

Deus quer reconfigurar à essência viva que foi alterada pelo pecado, e este pecado retira a graça dos céus ativando a lei de Deus, que o único que pode respondê-la e vive La é somente o próprio Deus.

Por isso, no capítulo 41, Deus fala do orgulho em Leviatã.

> Poderás tirar com anzol o leviatã, ou ligarás a sua língua com uma corda?
>
> Podes pôr um anzol no seu nariz, ou com um gancho furar a sua queixada?
>
> Porventura multiplicará as súplicas para contigo, ou brandamente falará? (Jó 41, 1-3).

Ele dá um ultimato a Jó, dizendo exatamente o poder do orgulho de achar-se superior a tudo e a todos, e isso mostrando para Jó que ele se posicionou assim, sendo o pai da vaidade e do orgulho, como o próprio Leviatã.

Isso estremeceu Jó e o trouxe à presença viva de Deus, e Jó posiciona-se com humildade.

> Bem sei eu que tudo podes, e que nenhum dos teus propósitos pode ser impedido.
>
> Quem é este, que sem conhecimento encobre o conselho? Por isso relatei o que não entendia; coisas que para mim eram inescrutáveis, e que eu não entendia. (Jó 42, 2-3).

Jó diz: "Eu relatei coisas que eu não conhecia". E essas revelações são profundas de tudo quanto o próprio Deus revelou a Jó pessoalmente, depois de todas as humilhações dos amigos, que Jó imaginava até aquele momento serem totalmente fiéis a ele, e até mesmo as revelações da alma de Jó, que ele mesmo jamais imaginara ser tão intenso.

> **Com o ouvir dos meus ouvidos ouvi, mas agora te veem os meus olhos.**
>
> **Por isso me abomino e me arrependo no pó e na cinza. (Jó 42, 5-6).**

Deus reformou Jó de forma incisiva e real, assim como também quer restaurar tudo quanto foi perdido em nós. Deus, em sua infinita bondade e poder, quer apenas trazer a verdade d'Ele para todos quantos são restaurados n'Ele, e possui o novo nome com a senha dos céus de nova vida conectado e ativado em Deus.

E somente por meio dessa nova identidade tudo em Deus se fará novo, e trará a autoridade de chegar e conquistar vidas como territórios em Deus e por intermédio de Deus.

Deus não quer jamais que soframos por algo contrário a tudo quanto ele gerou para trazer alegria e tem nos trazido perdas, como ocorreu com a igreja que podemos chamá-la de Jó, mas, substituir pelo nome de cada um de nós também.

Sucedeu que, acabando o Senhor de falar a Jó aquelas palavras, o Senhor disse a Elifaz, o temanita:

> **A minha ira se acendeu contra ti, e contra os teus dois amigos, porque não falastes de mim o que era reto, como o meu servo Jó. (Jó 42, 7).**

Deus foi agora até a pessoa que iniciou toda a contenda, pois Ele sabe quem inicia algo para desconstruir o que é d'Ele.

Deus quer usar o pouco que há em uma pessoa, para assim liberar algo grande a todos quantos essa mesma pessoa alcançar. Jó não teve isso de seus amigos, que apenas liberaram a humilhação e a soberba, mas foi exatamente por esse motivo que Deus se levantou do trono e veio até a presença de Jó.

Deus poderia usar os amigos para realizar o que realmente tinha para ser liberado sobre e para com Jó, mas, Deus teve que vir corrigi-lo, e depois ainda chegar até quem começou a humilhar a vida de Jó, para descontruir algo de Deus na vida dele.

Deus conclui dizendo a Jó: "Ore por eles que desconstruíram o que eu sou em você, porque agora você foi por mim reconstruído e assim poderá colocar pela lei do sacrifício tudo quanto você enfrentou; e trouxe a vida de volta que em mim habita sobre ti. E, orando por eles, você restaurará tudo em você, por meio do que fará a eles e por eles" (Jó 42-10).

Não entendemos todas as coisas, mas sabemos que a terra precisava ser refeita também. E, como somos refeitos por terra e ossos, Deus sempre retorna à restauração pelo poder do que Ele mesmo gera.

Análise mais uma vez esse ponto:

> **E criou Deus o homem à sua imagem; à imagem de Deus o criou; homem e mulher os criaram. (Gênesis 1, 26-27).**

O Criador de tudo primeiramente Ele cria o homem e a mulher; e estes permanecem em seu interior, para que por um período no interior de Deus o homem recebesse d'Ele mesmo Seus mais profundos mistérios. Essa transferência tão importante concederia ao homem a oportunidade de absolver a inteligência que seria necessária para o homem dentro de cada um dos projetos de Deus que seriam liberados ao homem.

Outra coisa, além de inteligência, uma abertura especial, para que a sabedoria de Deus pudesse também ser armazenada no interior neurológico do homem, criado à semelhança de Deus — para ser assim semelhante a Deus, o criador, essa criatura feita no interior do próprio Deus.

Agora Deus também formou do pó da terra o que ele também já havia criado, ele tomou e formou o corpo para assim liberar o que já havia criado.

> **E formou o Senhor Deus o homem do pó da terra, e soprou em suas narinas o fôlego da vida; e o homem foi feito alma vivente. (Gênesis 2, 7).**

Agora com esse corpo formado do pó, Deus liberará o homem e a mulher, o casal criado dentro d'Ele, para dentro de apenas um corpo formado do pó da terra.

Mas e a mulher não teve inicialmente um corpo? Por que somente o corpo formado do pó da terra foi apenas o da mulher?

Deus libera o casal dentro de um único corpo, para assim, no tempo determinado, o próprio Deus fazer com que o homem tenha um profundo sono, e assim com esse sono o homem poderia ser, pelo próprio Deus, aberto, e, de dentro de seu lado próximo ao coração, fosse retirada a mulher já colocada em um osso.

Então a mulher, sua matéria, não é pó, e sim osso? Sim, a mulher é osso, uma estrutura que, mesmo saindo da terra, já possui uma resistência única diferenciada. Como osso, Eva tem resistência para gerar o que o homem não pode. Como também sentir dores que o homem não sente.

Tudo isso para trazer o novo equilíbrio da terra.

> **E para governar o dia e a noite, e para fazer separação entre a luz e as trevas; e viu Deus que era bom. (Gênesis 1, 18).**

A marca de Deus é também o seu perfeito selo de qualidade, pois, Deus irá avaliar em detalhes tudo quanto quer realizar, assim com qualidades absolutas.

> **E Deus criou as grandes baleias, e todo o réptil de alma vivente que as águas abundantemente produziram conforme as suas espécies; e toda a ave de asas conforme a sua espécie; e viu Deus que era bom. (Gênesis 1, 21).**

Tudo quanto Deus realiza, ele mesmo sela e qualifica. Com tudo foi assim — imagine então com sua maior criação!

> **E criou Deus o homem à sua imagem; à imagem de Deus o criou; homem e mulher os criou. E Deus os abençoou, e Deus lhes disse: Frutificai e multiplicai-vos, e enchei a terra, e sujeitai-a; e dominai sobre os peixes do mar e sobre as aves dos céus, e sobre todo o animal que se move sobre a terra. E disse Deus: Eis que vos tenho dado toda a erva que dê semente, que está sobre a face de toda a terra; e toda a árvore, em que há fruto que dê semente, ser-vos-á para mantimento.**
>
> **E a todo o animal da terra, e a toda a ave dos céus, e a todo o réptil da terra, em que há alma vivente, toda**

POR QUE O SANGUE DE ABEL GRITOU?

> a erva verde será para mantimento; e assim foi. E viu
> Deus tudo quanto tinha feito, e eis que era muito bom;
> e foi a tarde e a manhã, o dia sexto. (Gênesis 1, 27-31).

Agora tudo se torna bem diferente. Antes de colocar o seu selo de qualidade, Deus vai abençoar e liberar autoridade ao homem e dizer "é semelhante à autoridade e poder que também possuo". E para isso o padrão de Deus foi: MUITO BOM. Glória a Deus.

O sábado é o dia do descanso, mas em Cristo Jesus nós temos um descanso contínuo, e é exatamente isso que nos faz entender a profundidade de tudo isso.

> **Portanto, resta ainda um repouso para o povo de Deus.**
> **Porque aquele que entrou no seu repouso, ele próprio repousou de suas obras, como Deus das suas. (Hebreus 4, 9-10).**

Se o próprio Deus descansou, o mistério de tudo e de todas as coisas está exatamente no tempo de descanso.

Um tempo perfeito frutifica as mais poderosas riquezas em Deus. Na realidade, essas mesmas riquezas serão as sementes da sabedoria, pois os frutos da sabedoria serão as riquezas liberadas.

Somos criados por Deus para, antes de trabalhar, descansar, e somente totalmente descansados n'Ele é que podemos depois iniciar o nosso trabalho.

Enquanto você não entender o que é o descanso em Deus, não poderá iniciar o projeto d'Ele.

Precisamos depender do Senhor, e cada nova obra só poderá ser realizada dentro d'Ele mesmo.

> **Já estou crucificado com Cristo; e vivo, não mais eu, mas Cristo vive em mim; e a vida que agora vivo na carne, vivo-a pela fé do Filho de Deus, o qual me amou, e se entregou a si mesmo por mim. (Gálatas 2, 20).**

A Vida que vivo agora não é mais a minha antiga, e sim a nova vida e o novo nascimento, com a nova senha, ou seja, o novo nome, em Cristo Jesus, como filhos de Deus.

> Porque dele e por ele, e para ele, são todas as coisas; glória, pois, a ele eternamente. Amém. (Romanos 11, 36).

Se todas as coisas são por meio d'Ele, e Ele está em nós, Ele traz a existência tudo que n'Ele mesmo já gerou, e dentro de nós já existe. Tudo d'Ele já está concluído em nós, ou seja, em nosso interior.

Outro princípio interessante: os israelitas terão que guardar o sábado, eles e os seus descendentes, como uma aliança perpétua.

> Isso será um sinal perpétuo entre mim e os israelitas, pois em seis dias o Senhor fez os céus e a terra, e no sétimo dia ele não trabalhou e descansou. (Êxodo 31, 16-17).

A base ou lei do Senhor para Israel era o descanso, e isso até mesmo como uma aliança bem séria. O Senhor estava ensinando aos seus filhos uma real dependência em que garantiria todas as coisas no Senhor.

Falou mais o SENHOR a Moisés no Monte Sinai:

> Fala aos filhos de Israel, e dize-lhes: Quando tiverdes entrado na terra, que eu vos dou então a terra descansará um sábado ao Senhor.
>
> Seis anos semearás a tua terra, e seis anos podarás a tua vinha, e colherás os seus frutos;
>
> Porém ao sétimo ano haverá sábado de descanso para a terra, um sábado ao Senhor; não semearás o teu campo nem podarás a tua vinha. (Levítico 25, 1-4).

O Céu na terra fazendo do justo injusto caso não fizermos tudo quanto ele decretou ou ordenou, A terra segundo as leis de Deus, no sétimo ano deveria descansar, ou não produzir, mas, a preocupação era, como isso faremos para que não nos faça sermos prejudicados sem a produção da terra?

> E se disserdes: Que comeremos no ano sétimo? eis que não havemos de semear nem fazer a nossa colheita;
>
> Então eu mandarei a minha bênção sobre vós no sexto ano, para que dê fruto por três anos, E no oitavo ano semeareis, e comereis da colheita velha até ao ano nono; até que venha a nova colheita, comereis a velha. (Levítico 25, 20-22).

POR QUE O SANGUE DE ABEL GRITOU?

O interessante é que no sexto ano a produção será para três anos; e, assim sendo, a terra poderá descansar muito e ainda sem a falta da produção para suprir todas as necessidades.

Isso somente advindo de um Deus muito poderoso e santo.

> Se desviares o teu pé do sábado, de fazeres a tua vontade no meu santo dia, e chamares ao sábado deleitoso, e o santo dia do Senhor, digno de honra, e o honrares não seguindo os teus caminhos, nem pretendendo fazer a tua própria vontade, nem falares as tuas próprias palavras,
>
> Então te deleitarás no Senhor, e te farei cavalgar sobre as alturas da terra, e te sustentarei com a herança de teu pai Jacó; porque a boca do Senhor o disse. (Isaías 58, 13-14).

Para cada descanso, uma aliança ativada para honrar a aliança com o próprio Deus.

Mas Israel ficou cativo durante 70 anos — e por que 70 anos?

Porque a terra teve que descansar sete ciclos de dez anos.

A Aliança foi profanada, e isso custou um cativeiro.

> E queimaram a casa de Deus, e derrubaram os muros de Jerusalém, e todos os seus palácios queimaram a fogo, destruindo também todos os seus preciosos vasos.
>
> E os que escaparam da espada levaram para babilônia; e fizeram-se servos dele e de seus filhos, até ao tempo do reino da Pérsia.
>
> Para que se cumprisse a palavra do Senhor, pela boca de Jeremias, até que a terra se agradasse dos seus sábados; todos os dias da assolação repousaram, até que os setenta anos se cumpriram. (2 Crônicas 36, 19-21).

Percebe que tudo isso seria para estabelecer a aliança que estava sendo violada com Deus e a terra, e com as riquezas da terra, que vem a ser a sabedoria de Deus?

A Semente é a sabedoria; o fruto são as riquezas; e a terra, a geradora de todos os níveis de riquezas, por isso ela está aliançada com o descanso.

Outro ponto muito intensivo.

> Assim, você já não é mais escravo, mas filho; e, por ser filho, Deus também o tornou herdeiro. Antes, quando vocês não conheciam a Deus, eram escravos daqueles que, por natureza, não são deuses. Mas agora, conhecendo a Deus, ou melhor, sendo por ele conhecidos, como é que estão voltando àqueles mesmos princípios elementares, fracos e sem poder? Querem ser escravizados por eles outra vez? (Gálatas 4, 7-9).

Deus por um propósito realizado nele mesmo, gerou filhos que serão a sua continuação e não alguém aprisionado no medo e na morte, que é a paralisia ou atrofia, e chamados escravos do medo e da covardia

E Deus não concedeu espírito de medo ou covardia, mas ousados no Senhor.

> Porque já estais mortos, e a vossa vida está escondida com Cristo em Deus.
>
> Quando Cristo, que é a nossa vida, se manifestar, então também vós vos manifestareis com ele em glória. (Colossenses 3, 3-4).

Isso é mesmo tremendo, pois a vida que agora temos está escondida em Jesus, e Ele mesmo é o nosso descanso, como também a ativação ou a conclusão de todas as nossas obras.

> Senhor, tu nos darás a paz, porque tu és o que fizeste em nós todas as nossas obras. (Isaías 26, 12).

Voltando a outro ponto da falta de descanso para a terra, e das legalidades territoriais que jamais podemos deixar de analisar no ponto de vista do próprio Deus:

> Filho do homem, quando a casa de Israel habitava na sua terra, então a contaminaram com os seus caminhos e com as suas ações. Como a imundícia de uma mulher em sua separação, tal era o seu caminho perante o meu rosto. Derramei, pois, o meu furor sobre eles, por causa do sangue que derramaram sobre a terra, e dos seus ídolos, com que a contaminaram. (Ezequiel 36, 17-18).

OS MISTÉRIOS DE DEUS NA SALA DE MISTÉRIOS DA TERRA

Outras perspectivas dos mistérios da terra e do sangue; a palavra de Deus em Gênesis, capítulo 1, versículos 1 a 10, diz-nos:

[Versículo 1] No princípio criou Deus os céus e a terra.

[Versículo 2] A terra, porém, estava sem forma e vazia; havia trevas sobre a face do abismo, e o Espírito de Deus pairava por sobre as águas.

[Versículo 3] Disse Deus: Haja luz; e houve luz.

[Versículo 4] E viu Deus que a luz era boa; e fez separação entre a luz e as trevas.

[Versículo 5] Chamou Deus à luz dia e as trevas, noite. Houve tarde e manhã, o primeiro dia.

[Versículo 6] E disse Deus: haja firmamento no meio das águas e separação entre águas e águas.

[Versículo 7] Fez, pois, Deus ao firmamento e separação entre as águas debaixo do firmamento e as águas sobre o firmamento. E assim se fez.

[Versículo 8] E chamou Deus ao firmamento Céus. Houve tarde e manhã, o segundo dia.

[Versículo 9] Disse também Deus: Ajuntem-se as águas debaixo dos céus num só lugar, e apareça a porção seca. E assim se fez.

[Versículo 10] À porção seca chamou Deus terra e ao ajuntamento das águas, Mares. E viu Deus que isso era bom.

Deus extraiu de algo que Ele já possuía as primeiras coisas. Por exemplo: Deus pairava sobre as águas. Então Deus possuía dois elementos: águas e escuridão. Segundo ponto: Deus disse "haja luz", então, às águas e à escuridão, ele associou a luz.

Agora temos águas, trevas e luz. Águas, mistérios da vida; trevas, mistérios da morte; e luz, a direção para a todas as coisas, como também o que materializa tudo quanto precisa ser fixado ou firmado.

> Jesus disse: Falou-lhes, pois, Jesus outra vez, dizendo: Eu sou a luz do mundo; quem me segue não andará em trevas, mas terá a luz da vida. (João 8, 12).

Terceiro ponto: águas trazem no mundo espiritual o que representa o Espírito de Deus, ou o Deus Criador, Elohim, o Pai.

O fogo, o sol (o que vem a ser a presença do sol da justiça), Jesus Cristo, o Filho; e o firmamento — os ares, a base de ar, o sopro de vida que traz o Espírito da Vida, que colocamos aqui como o Espírito Santo.

Agora sim, com a Trindade já unida, podemos voltar à análise. Versículo 6, separações de águas e águas.

Nesse ponto muito importante, Deus separa a parte de águas doces e a parte salgada. Impressionante a perfeição de Deus em tudo e sobretudo!

Quando Deus separa as águas, que são águas doces e salgadas, Ele está colocando a parte doce e a salgada em mistérios da vida de todos os corpos que comporão os mistérios que trarão a vida; e o que cada alimento terá que gerar contendo águas e os seus respectivos mistérios, não somente do doce como também do salgado.

Compartilhando outra revelação dentro desse contexto:

O Grande Poder da Unidade está nos Poços de Águas Vivas!

> Mas aquele que beber da água que eu lhe der nunca terá sede, porque a água que eu lhe der se fará nele uma fonte de água que salte para a vida eterna. (João 4, 14).

É necessário nesse tempo saber qual é a fonte que temos em nosso interior! Todas as pessoas que possuem uma fonte própria jamais viveram da mesma forma, como as demais pessoas, e as que não possuem um poço próprio de águas vivas que jorram e emanam de seu interior apenas terão a experiência de entulhar os poços dos demais.

A ignorância de cada pessoa que faz com que viva seca: a isso se chama ciúme, pois muitos não aceitam, em alguns momentos, por lhes faltar informações e revelações, que os filhos cresçam mais do que eles próprios. Mas os filhos dos verdadeiros pais sempre crescerão, e os pais alegrar-se-ão!

E ele converterá o coração dos pais aos filhos, e o coração dos filhos a seus pais; para que eu não venha, e fira a terra com maldição. (Malaquias 4, 6).

A conversão é a transformação, e Jesus só escolheu aquilo que muitos com visões naturais às vezes também não conseguem entender, e são eles, os endividados e problemáticos, para assim transformá-los em verdadeiros discípulos, pois Jesus na cruz teve algo para transferir como Mestre e Senhor, e teve a fonte para transferir a cada um de seus discípulos!

A Fonte não é para cada um de nós individualmente, pois de uma fonte jorra muita água incessantemente, e, quanto mais águas forem retiradas dessa fonte, mais ela gerará!

Isso mostra o poder da unidade e o poder do poço próprio, o que se torna muito importante, pois, quando bebemos águas vivas, transformamos morte em vida!

Hoje se torna necessário que haja filhos, e não liderados, pessoas que possam, antes de qualquer coisa, serem o filho que o Pai converteu.

Somente os filhos podem reconhecer os pais, e somente pais sarados geram filhos sarados e regenerados, nunca por palavras, mas por exemplos vivos!

Regras é o que temos visto, mas Deus quer gerar relacionamentos entre nós, e estes apoiam as vidas que estão secando, pois, quando você está começando a ter problemas, perdendo os sentidos, ou sua pressão oscilando, vem alguém e joga água sobre você, para que assim possa novamente ter vida.

Não podemos matar ou desejar a morte, pois quem gera vida sempre gerará para si e para os demais da mesma maneira!

Isso nos ensina que não é pelo grito, nem pela violência das palavras, mas pelo Espírito de Deus.

Quando estamos adorando em Espírito ao Senhor, Ele emana como transferência o que nele gera os nossos espíritos, e, com isso, tudo que é transferido para os que recebem como um poço de águas vivas.

Os demais que estão à sua volta receberão também!

Veio uma mulher de Samaria tirar água. (João 4-6).

Disse-lhe Jesus: Dá-me de beber. (João 4, 7).

Jesus pediu para aquela mulher a sua fonte, ou seja, "você, mulher, tem uma fonte dentro de você que gera águas vivas?"

Muitos não entendem isso, pois olham os que estão sedentos e querem matá-los por achar ser esse um risco para si.

> **Disse-lhe a mulher: Senhor, tu não tens com que a tirar, e o poço é fundo; onde, pois, tens a água viva? (João 4, 11).**

Jesus estava ali dizendo: "É melhor um deserto comigo do que um paraíso longe de mim!" É melhor estar em um deserto com fonte de águas vivas do que em um oásis sem fonte, pois a fonte gera a vida, e não importa pelo que possamos passar, ou onde possamos adentrar, a fonte estará ali.

Deus fará grandes coisas com muitos poços, pois, quanto mais poços juntos, mais fontes de águas vivas ali unidas trarão a vida necessária para todos aqueles que precisam urgentemente de vida, a vida de Deus!

Temos realmente que saber qual é a fonte que está dentro de cada um de nós, por isso é necessário perseverar nessa fonte, pois o Espírito que está dentro de nós sempre emanará a vida, e a perseverança trará vida, a vida de Deus levará você além!

Versículo 9: "Deus separou a parte da água salgada, retirou desta o seu sal e dessa separação criou a terra". Como podemos afirmar isso? Pela hermenêutica que segue no versículo 10, que diz: "A porção seca chamou terra, e ao ajuntamento das águas mares".

Tremendo! Agora começamos entender o porquê de Deus sempre nos lembrar de que somos o sal da terra! Pois sem sal não há complemento, tempero.

Deus criou da água salgada que possui os mistérios do sal à terra. De que maneira? Uniu os componentes que já possuía da Trindade. E quais são esses elementos? Vejamos apenas uma revelação contida no capítulo primeiro de Gênesis e os atributos das revelações dentro da santa palavra de Deus.

Água (parte salgada), escuridão e sol, que aqui vem a ser o fogo. Temos então os cristais do sal com a força das trevas e a força do fogo; unindo-os, vamos misturá-los com o ar, a força do Espírito da vida.

Como a luz se sobressai às trevas, para que então serviriam as trevas? As essências do bem e do mal eram necessárias nos grãos da terra. Pois o dia e a noite teriam que caminhar paralelamente.

Também seria necessária a utilização da parte de águas separadas inicialmente por Deus. No versículo 6, Deus separa águas e águas. Nessa parte, no entanto, Deus colocou os mistérios da fertilização. A parte de águas sem o sal, que se tornaram águas doces.

Deus complementou esses mistérios com o poder da luz, ou seja, do sol. Sem o sol não seria possível haver o açúcar, que vem a ser o doce de todos os mistérios de Deus. Mas por que existe o azedo e o amargo? Lembra-se do sal que a terra recebeu com a força das trevas e do sol complementando o ar?

Pois bem, Um dos mistérios é de que assim como a noite existe para serem apresentadas a ausência da luz, e assim revelar as trevas, assim o azedo e o amargo vieram por intermédio de formas das variações liberadas por Deus entre o doce e o salgado.

Quero aqui somente compartilhar uma visão de que o Senhor Deus me permitiu ser testemunha: quando o Senhor Deus abriu uma janela para o mundo espiritual, e em seguida me colocou diante de uma grande sala, essa sala possuía alguns atributos. Vamos lá.

Primeiramente, essa sala possui um grande cadeado que se abre apenas com chaves especiais, que somente o guardião dessa sala tem autorização para usar. E isso só ocorre quando a voz do Todo-Poderoso concede as senhas a esse anjo guardião. Essa senha só serve uma vez. Todas as vezes que o Todo-Poderoso entrar nessa sala de mistérios da terra, ele muda o código por meio de seu poder contido em sua voz!

Cada vez que isso ocorre, a voz de Deus já vem acionando a senha que é ligada às chaves para adentrar essa sala de mistérios.

Todas as chaves contidas nesses molhos possuem senhas, e todas as senhas se modificam e seguem o mesmo processo da inicial.

Quando o anjo guardião recebe as ordens de Deus e adentra, é porque uma nova frutificação precisa ser liberada para a terra.

A terra só pode produzir, se houver liberação do Todo-Poderoso. Por esse motivo, a alegria do Senhor é um dos motivos da frutificação ocorrer. Como?

Habacuque 3, 17, diz:

> Ainda que a figueira não floresça, nem haja fruto na vide; o produto da oliveira minta, e os campos não produzam mantimento; as ovelhas sejam arrebatadas do aprisco, e os currais não haja gado. Todavia, eu me alegro no Senhor, exulto no Deus da minha salvação.

E Neemias 8, 10:

> Disse-lhe mais: ide, comei carnes gordas, tomai bebidas doces e enviai porções aos que não tem nada preparado para si; porque este dia é consagrado ao nosso Senhor; portanto, não vos entristeçais, porque a alegria do Senhor é a vossa força.

O mais lindo aqui é que parece que Habacuque entrou nessa sala, e por isso ele disse: "O comando de tudo pertence ao Senhor meu Deus!".

Por isso vou me conectar com a sua força, para vencer isso tudo. Sabe por quê? Quando erramos, estamos conectados com a força do pecado. Pecado gera morte! A senha de morte recebida pela terra aciona a morte das sementes automaticamente, ou a paralisação da frutificação! Tudo isso está registrado em cada semente nas salas de mistérios de Deus, de cada tipo de hortaliças, legumes, vegetais, flores, frutos e de tudo que a terra produzirá! Portanto quem ordena tudo e sobretudo para todos é Deus!

A alegria gera amor e felicidade. Deus tem poder n'Ele mesmo, e esse poder é de vida.

Não podemos jamais nos esquecer dos ingredientes da terra, da água e do sal, do fogo, do sol, da escuridão e do ar. A Trindade em ação. Só podemos ter coisas de Deus, se estamos com Ele. Tudo isso segundo as narrativas e os complementos de cada versículo narrado em Gênesis, capítulo 1.

E algo importante para complementar é que cada um dos minúsculos grãos de terra possui um mistério de Deus que é incancelável, ou seja, jamais pode ser cancelado. Todos os grãos permanecem sem serem alterados, e todos possuem a sua serventia para existir. Isso não é tremendo? Como é grandioso o poder desse nosso Deus!

POR QUE O SANGUE DE ABEL GRITOU?

Se a terra veio dos minúsculos grãos de sal, e esse sal estava nas águas, e sobre as águas o Espírito de Deus pairava, algo ainda maior há também nisso. Pois pairar é o mesmo que chocar, ou seja, transferir algo. Deus estava transferindo o seu poder para cada grão de sal, e isso já para prepará-lo para ser transformado em grão de terra.

Esses grãos já sabia o Deus Elohim de seu verdadeiro potencial. Se a terra lê todas as sementes, então é por esse motivo que toda semente necessita morrer para dar vida. É por isso que morremos também para que a nossa essência possa voltar a existir pelos mistérios de Deus.

E voltaremos a existir pelo poder da Ressurreição, pela voz do Todo-Poderoso, o Senhor da Vida, que venceu a morte e o inferno, que é o poder da paralisação de todas as coisas que viviam livremente na terra — mas que, com o impacto da morte, foram paralisadas e tornaram-se prisioneiras dessa mesma morte; Jesus vencendo-a, pode trazer novamente o poder da vida, que pôde fazê-las a partir disso voltar livremente ao processo de vida.

Por esse motivo, nosso corpo torna-se semente depois de decomposto pela terra, e esta, ao ler cada grão, identifica o todo que é o fruto específico daquela semente gerada pelo poder da vida de Deus nas águas uterinas, que teve o poder espiritual trazido dos céus por seu espírito e gerado nas águas uterinas, transferindo assim os mistérios da vida como estamos analisando.

Deus gera as cores da mesma forma, com os mistérios de sua aliança. Gênesis 9, 13 diz:

Porei nas nuvens o meu arco; será por sinal da aliança entre mim e a terra.

Deus jamais quebra uma aliança executada. Quem quebra alianças é somente a parte carnal. Por causa da fraqueza da carne, que possui terra, ou seja, o bem e o mal. Deus têm o poder de gerar a luz; quem gerou as trevas e a desobediência, o pecado da ira foi Bencherra, o antigo nome de Lúcifer, que até então era o senhor da luz. Perdeu porque iniciou em si mesmo as trevas.

E, por falar em luz, a água e o sol puderam juntos formar as cores. Água, o poder do Deus Elohim; e sol, o poder do Deus justiça. Jesus e seu Pai. João 5, 17 diz-nos:

Meu Pai trabalha até agora, e eu trabalho também.

As cores, portanto, são mistérios que a velha e a nova aliança juntas, de eternidade a eternidade, produziriam: tudo em todos e para todos.

Quando nos alimentamos, todos os mistérios do equilíbrio de Deus estão unidos juntos em ação, pelo Seu poder. E tudo isso também li nos livros de mistérios de Deus nas salas de mistérios da terra.

O mais impressionante, por exemplo, são os sentidos das cores e suas razões de existir.

As frutas possuem tremendos mistérios com as suas doçuras e seus potenciais de cura.

O figo nasce inicialmente de cor verde. Lá no paraíso de Deus, no centro dele, existe uma grande árvore cheia de folhas tão verdes que chegam a impressionar. É de lá que o verde começa, com o poder curador. Essa árvore produz, por meio dessas folhas verdes, o bálsamo de Gileade. Que tremendo!

O verde traz a cura. No figo esse verde é o início, e depois o roxo, e o roxo é a inspiração de Deus. Portanto quando chegamos ao portal da tribo de Levi, ou seja, dos levitas, vamos encontrar entre a nascente das águas uma grande árvore também, e da cor de tonalidade lilás. É de onde o Deus poderoso e Santo gera a inspiração do louvor e da adoração.

Um figo também possui as cores branco e vermelho. A cor branca gera os mistérios da paz; e a vermelha, da vida. Por isso o sangue possui glóbulos brancos e vermelhos.

Quem está em ação novamente? O Deus da paz e o Deus da Vida, ou seja, Jesus Cristo, que das suas entranhas verteu até a última gota de água e de sangue e derramou sobre a terra, permanecendo o seu sangue e a sua água nessa terra.

Portanto, quando chove e as águas da chuva se derramam sobre a terra e em seguida pelo sol ocorre a evaporação, lá o sangue de Jesus está subindo e descendo, dessa forma passando pelo sol, pelo ar, pela terra e pelas águas.

Isso é mais uma comprovação de que tudo é gerado pelo poder criador, que vem a ser o Alfa e o Ômega — princípio e fim. Tudo começa e termina n'Ele, Ele é a vida, a vida na terra e a vida eterna.

Um abacaxi. Tonalidade verde, amarela e laranja. O amarelo traz os mistérios do Espírito Santo, o Pai de nosso espírito. Isso nos mostra que Deus se preocupa até mesmo com a essência que será liberada através das cores para o nosso espírito. Lindo!

Verde é a cura; laranja, portanto, une os mistérios de várias cores juntas: o amarelo e o vermelho. O Espírito Santo e o Senhor Jesus, que traz a vida do Espírito e do sangue.

Por exemplo, encontrei uma coisa muito linda, os mistérios contidos também em uma melancia. Branco, verde-claro e verde-escuro. Também o vermelho e o preto. Mas preto não pertence às trevas?

Cores como o vermelho com sementes pretas trazem outro mistério tremendo. Já que vermelho é vida; e o preto é morte. O que bomba o nosso corpo é um músculo chamado coração, olha só. Uma das muitas sementes que contém a melancia, uma delas produz um tipo de líquido que é liberado para toda a polpa, que gera cura justamente para o quê? O coração. Portanto, a melancia produz mistério de cura, e essa cura gera vida abundante.

Isso tudo é para nos mostrar só uma coisa: tudo é por Deus e tudo é para Ele mesmo. Se crermos, veremos e conquistaremos a Sua glória, acionada em nós como uma chave com a senha de Deus abrindo todos os caminhos necessários.

Deuteronômio 29, 29 diz-nos:

> **As coisas encobertas pertencem ao Senhor, nosso Deus, porém as reveladas nos pertencem, a nós e a nossos filhos, para sempre, para que cumpramos todas as palavras desta lei.**

Isso me fez derramar muitas lágrimas, pois senti quão pobres, miseráveis e nus somos. Todas as sequências das cores se concentram em averiguar o arco da aliança e suas cores.